.txtour 2001

.txtour 2001

siemens literaturpreis
„literatur – technik – raum“

12 Texte

herausgegeben von
Semier Insayif,
Roland Leeb und
Alfred Rubatschek

im Auftrag der Siemens Österreich AG

HAYMON

Umschlag: Benno Peter

Die Deutsche Bibliothek – CIP-Einheitsaufnahme

txtour ... : Siemens-Literaturpreis / im Auftr. der Siemens Österreich AG.-
1998-. - Innsbruck : Haymon-Verlag, 1998

2001. Literatur - Technik - Raum.- 2001
ISBN 3-85218-380-4

Satz: Haymon-Verlag
Scans: Laserpoint, Innsbruck
Druck und Bindearbeit: Druckerei Theiss GmbH, Wolfsberg

Inhalt

Albert Hochleitner: LITERATniktechTUR 2001 7

Vorwort der Herausgeber 9

Dokumentation zum Siemens Forum Literaturpreis 11

Hansjörg Zauner: raum auf – raum aufgerissen 21

Margret Kreidl: Innenraum I / Innenraum II 35

Oswald Egger: Barbed Wire 47

Erna Holleis: 2302 63

Michael Kanofsky: bionischer text, raumgreifend 77

Christina Lehner: Die Sterngucker 89

Peter Pessl: Norma 99

Gabriele Petricek: Zimmerflucht 111

Hans Lothar Renner: asche nicht erde 119

Claudia Sykora-Bitter: auf der fußmatte vor der
wohnungstür abgestellt, oder: ohne buchstaben 133

Roland Vorlaufer: Hillmanns Problem, oder:
Raum für Ideen 145

Fritz Widmayer: Nachtblind 163

Die AutorInnen / Die Jurymitglieder 173

LITERATniktechTUR 2001

Sie halten die vierte Ausgabe von „.txtour“ in Händen. Vier Bücher – vier Jahre Siemens Literaturpreis. Was als Versuch begonnen hat, ist heute fixer Bestandteil der österreichischen Literaturszene. Und mehr als das. Denn bei der Verleihung des Siemens Literaturpreises waren jedes Jahr mehr als 500 Gäste anwesend. Unter diesem Gesichtspunkt kann man die Preisverleihung als größte literarische Einzelveranstaltung Österreichs bezeichnen.

Der bevorstehende Wechsel vom Schilling auf den Euro hat auch den Siemens Literaturpreis nicht unberührt gelassen – in einem sehr positiven Sinn. Wir haben beschlossen, das Preisgeld von ATS 110.000,- (100.000,- Siemens Literaturpreis und 10.000,- Förderungspreis) auf eine runde Euro-Summe anzuheben. Der neue Verteilungsschlüssel lautet € 8.000,- und € 2.000,-. Das bedeutet für den Hauptpreis eine Steigerung von 10%, beim Förderungspreis sind es 175 (!) %.

Das diesjährige Motto von LITERATniktechTUR lautete ‚Raum‘ – sowohl im Wettbewerb als auch bei den Abendveranstaltungen. Ein Thema, das zu breit gefächerter gedanklicher Auseinandersetzung anregt und auch dementsprechend verwirklicht wurde: Vom europäischen Kulturraum (hier ganz besonders einprägsam: die Präsentation des „Atlantropa“-Projektes, einer Vision eines geeinten Europas aus den 30er-Jahren) bis zum Trennenden und Gemeinsamen von Industrie- und Bühnenarchitektur – von der Gestaltung von

Arbeitsräumen, wie sie unterschiedlicher nicht sein können. An einem Abend war der große österreichische Schriftsteller Gerhard Roth zu Gast, und es wurde der Frage nachgegangen, inwieweit Bewegungen im Raum und Reisen im Gesamtwerk Roths allgemeingültige Metaphern darstellen. Am letzten Veranstaltungsabend stand die Nanophysik, die Darstellung physikalischer Vorgänge in kleinsten Räumen, dem größten denkbaren Raum gegenüber – der Welt und damit neuen Welterklärungsmodellen.

Deshalb bin ich froh und ein bißchen stolz über LITERATniktechTUR und den Siemens Literaturpreis. Weil hier Räume für die Kunst geschaffen wurden. In diesem Sinne wünsche ich Ihnen Entspannung und Vergnügen in den literarischen Räumen dieses Buches.

Generaldirektor Albert Hochleitner
Siemens Österreich AG

Vorwort der Herausgeber

LITERATniktechTUR® fand heuer zum vierten Mal im *Siemens Forum Wien* statt. Ablaufbedingte und organisatorische Gründe machten ein Aufsplitting der Veranstaltung nötig, sie bestand aus zwei zweitägigen Blöcken und der Preisverleihung des *Siemens Literaturpreises* am 29. November 2001.

Das Generalthema der heurigen Annäherungen zwischen Literatur und Technik lautete: *Raum* mit den Schwerpunktabenden „Europa – ein Raum", „Industrie – Raum – Bühne" (3. und 4. Mai 2001), „Überwindung des *u*Ort*es*" und „Mikrokosmos und neue Welterklärungsmodelle" (27. und 28. November 2001).

ExpertInnen aus den Bereichen der Literaturwissenschaft, der Technik, der Politik, der Naturwissenschaft, der Architektur, der Stadtplanung, des Theaters und den Medien versuchten in Lesungen, Diskussionen, Vorträgen und Events diese Berührungspunkte von *Literatur* und *Technik* möglichst genau zu definieren und von vielen Seiten zu beleuchten.

Unser Dank gilt auch diesmal wieder allen aktiven TeilnehmerInnen, die durch ihre offene und engagierte Herangehensweise dazu beigetragen haben, neue Blickwinkel zu ermöglichen.

Der Siemens Literaturpreis

Der *Siemens Literaturpreis* wurde zum vierten Mal ausgeschrieben. Mit ihm sollen in Österreich lebende AutorInnen animiert werden, sich dichterisch mit dem Thema *Literatur und Technik* zu befassen.

Die vierköpfige Jury hatte die schwierige Aufgabe, unter den bis zur Entscheidung anonym gebliebenen Einsendungen, gewertet nach literarischen Kriterien, einen Hauptpreis (€ 8.000.-) und einen Förderungspreis (€ 2.000.-), gestiftet von der *Siemens Österreich AG*, zu vergeben und weitere repräsentative Texte für diese Anthologie auszuwählen. Dankenswerterweise wurde die Dotierung des Literaturpreises im Zuge der Währungsumstellung beträchtlich erhöht.

An dieser Stelle ein herzliches Dankeschön an alle AutorInnen und an die Jury.

Dank des großzügigen Sponsorings der Gesamtveranstaltung durch die *Siemens Österreich AG* ist LITERATniktechTUR in der Literaturszene Österreichs mittlerweile ein fixer Bestandteil.

Die Herausgeber

Dokumentation zum Siemens Forum Literaturpreis

Ausschreibungsbedingungen

Siemens Österreich schreibt zum vierten Mal einen Wettbewerb für in Österreich lebende AutorInnen jeder Staatsangehörigkeit und AuslandsösterreicherInnen aus, der mit insgesamt € 10.000,- dotiert ist (Siemens Literaturpreis € 8.000,-; Anerkennungspreis € 2.000,-).

Die einzureichenden Texte müssen folgende Spezifikationen aufweisen:

Der Begriff „*Technik*“ soll literarisch verarbeitet werden, das Thema ist „*Räume*“.

Nicht veröffentlichte, deutschsprachige Prosatexte von min. 6 bis max. 10 Seiten (á 35 Zeilen bei eineinhalbfachem Zeilenabstand) Länge.

Abgabe als Schreibmaschinenniederschrift oder als Computerausdruck in fünffacher Kopie, anonym und mit dem Kennwort „LITERATniktechTUR 2001“ versehen (keine Originale!).

Um die Anonymität zu wahren, muß den fünf Textexemplaren ein verschlossenes Kuvert beigelegt sein, das Namen, Kontaktadresse, Telefonnummer oder E-Mail-Adresse des/der Autors/Autorin enthält. Auf dieses Kuvert ist eine beliebige fünfstellige Zahlenreihe zu schreiben, die sich auch auf den Titelblättern der Texte wiederfindet.

Einsendeschluß ist der 31. August 2001 (Datum des Poststempels). Die Teilnehmer werden über das Ergebnis schriftlich verständigt. Weiters ist die Veröffentlichung der besten Texte in einer Anthologie geplant, eine öffentliche Preisverleihung mit Lesung des Siegestextes ist für Herbst 2001 vorgesehen. Die TeilnehmerInnen erklären sich durch ihre Teilnahme mit einer etwaigen Veröffentlichung in dieser Anthologie einverstanden. Die Rechte an den Texten verbleiben bei den AutorInnen.

Die Ausschreibungsbedingungen wurden in regionalen und überregionalen Tageszeitungen, Wochenzeitungen, Kultur- und Literaturzeitschriften veröffentlicht. Außerdem wurden sie über *http://www.siemens.at/literatniktechtur* zugänglich gemacht.

Die Jury

Thomas Eder	Literaturwissenschafter
Petra Ganglbauer	Autorin
Radek Knapp	Autor
Christa Maier-Purucker	Kulturjournalistin

Das Ideale und die Umstände
Kleine große Überlegungen zur Juryarbeit

Es gibt mehrere mögliche Gründe, die die Qualität einer Jury-Entscheidung beeinflussen. Diese Gründe sind graduell abgestuft und reichen von äußeren, zufälligen bis zu tiefgreifenden, unausweichlichen. Die äußeren, zufälligen ergeben sich vor allem aus der Zusammensetzung der Jury durch die Preisstifter und aus der Qualität der eingereichten Texte: ersteres steht dem Juror selbst nicht zu beurteilen zu, letzteres sei durch die in dieser Anthologie versammelten Texte dem nochmaligen Urteil des wohlwollenden Lesers übertragen, der damit in ein ähnliches Dilemma wie die Juroren gerät. Denn diese äußeren Gründe weisen auch auf die tiefgreifenden eines *Werturteils* über literarische Texte. Aus der Sicht der Literaturwissenschaft, deren Position ich in der Jury einnehmen durfte, bieten sich zwei extreme Umgangsweisen mit Texten an: sie in formalistisch/strukturalistischer Manier zu beschreiben und sich eines Werturteils zu enthalten. Oder als der divinatorische Kritiker, den eine divinatorische Poesie nach Ansicht der Frühromantik verdient, ja als der, der einzig sie als solche erkennen kann, über sie zu urteilen. Zwischen diesen beiden Polen versucht Juryarbeit zu vermitteln: das Divinatorische formal (sich und den anderen Juroren) zu begründen – wenn denn die eingereichten Texte danach sind. Nun, manchmal sind, so das nachträgliche Resumée, die Umstände durch Glück (weitgehend) ideal. Ob freilich der Hiatus zwischen formaler Begründung und Divinatorischem ein für allemal geglückt ist, wird der Lauf der Zeit erweisen. Und wiederum: entweder als ein mehr äußerer, zufälliger Lauf einer künftigen Literaturgeschichte inklusive Kanonbildung, die nur vermeintlich darüber Aufschluß geben, ob der Juryentscheid „richtig" war, etwa durch die Wertschätzung, die die Preisträger und die Anthologieteilnehmer in der literarischen Welt einmal erfahren werden. Oder aber der Lauf der Zeit gelangt gemäß den tiefgreifenden, unausweichlichen Gründen an den letzten Punkt einer Art ästhetischen Jüngsten Gerichts (wie auch immer diese Instanz vorstellbar sein mag), vor dem sich dann Preisträger, Anthologieteilnehmer und jeder einzelne Juror zu verantworten haben. Und verantworten müssen wird sich dann auch – neben denen, die die hier versammelten Texte *nicht* lesen – jeder Leser mit *seinem* Urteil.

Thomas Eder

Wichtigstes Kriterium für die Textauswahl war für mich zunächst die Umsetzung der beiden Parameter /Raum/ und /Technik/ in einer nicht ausschließlich expliziten, bzw. abbildenden Form, sondern als den Text konstituierende Elemente. Darüber hinaus ist es essentiell für mich, daß die vorliegende Anthologie ziemlich heterogene Texte versammelt und somit die vielfältigen und unterschiedlichen Qualitäten des eingegangenen Materials spiegelt wie auch die jeweilige Stimmführung der Juror/inn/en.

Petra Ganglbauer

Ein Leitfaden in 16 Punkten, der einen Autor dem Sieg erheblich näher bringt.

1. Schreibe nie einen traurigen Text
2. Schreibe einen möglichst traurigen Text
3. Denke nie daran, daß du damit berühmt wirst
4. Sonst denkst du an nichts anderes
5. Schreibe nicht über Liebe und den Tod

6. Liebe deinen Text bis auf den Tod
7. Wird dein Text abgelehnt, begehe möglichst schnell Selbstmord
8. Achte aber darauf, daß du vorher ein Buch veröffentlicht hast
9. Unbekannte Autoren sterben unbekannt
10. Bekannte übrigens ebenso
11. Ein Selbstmord steigert erheblich die Auflagen
12. Dein Verleger und deine Erben werden es dir danken
13. Mit etwas Glück werden sie sich dann einig
14. Aus dir hätte etwas werden können
15. Aber dafür kannst du dir ja nichts kaufen
16. Daher bleib am Leben und nehme nächstes Jahr noch einmal teil

mit herzlichem Gruß

vom Juror Radek Knapp

Darf es ein bißchen mehr sein?

Hundertsieben dividiert durch vier ist sechsundzwanzigkommafünfundsiebzig.
So beginnt das Ganze. Nicht einmal die eingereichten Texte lassen sich genau auf die vier JurorInnen aufteilen.
Darf es also ein bißchen mehr sein?

Ein bißchen mehr Experiment, ein bißchen mehr Poetik, ein bißchen mehr Wagnis, ein bißchen mehr ... hätte es schon sein dürfen. Aber was auf der Waage liegt wird gemessen, der Preis verhandelt und festgelegt.
Egal also, weil es immer ein bißchen mehr sein darf und dann doch wieder viel zu viel ist. Hand auf's Herz.

Christa Maier-Purucker

Die TeilnehmerInnen

Es sind 107 Einsendungen eingelangt, von denen alle die Ausschreibungskriterien erfüllt haben.
Bis nach der Entscheidung der Jury wurde die Anonymität der TeilnehmerInnen gewahrt.

Geordnet nach Bundesländern ergibt sich folgendes Bild (Zahl der Einsendungen):

Wien	77
Oberösterreich	7
Steiermark	6
Kärnten	6
Niederösterreich	5
Salzburg	3
Vorarlberg	1
Burgenland	1
Ausland	1
insgesamt	107

55 männlichen stehen 52 weibliche AutorInnen gegenüber.

Preisträger:	Hansjörg Zauner, Wien
Förderungspreis:	Margret Kreidl, Wien

Der *Siemens Literaturpreis 2001* ist integrativer Bestandteil von *LITERATniktechTUR 2001*, einer Veranstaltungsreihe der Siemens Österreich AG zum Thema Literatur und Technik.

Idee und Konzept: Semier Insayif
Roland Leeb
Alfred Rubatschek

Zur satztechnischen Gestaltung der Buchausgabe:

Wenn bei den eingereichten und von der Jury für die Druckausgabe ausgewählten Manuskripten visuelle Konzepte der Autoren erkennbar waren, haben wir uns bemüht, diese auf das Satzbild zu übertragen. In zwei Fällen schien uns in diesem Sinne eine Wiedergabe in Faksimile die beste Lösung.

Haymon-Verlag

.txtour 2001

literatur – technik – raum

Hansjörg Zauner

raum auf – raum aufgerissen

raum auf. raum aufgerissen. immer mit traktoren und zungen zugleich. über meine finger laufen lassen und hinstempeln als zopf. mein raumzopf. mein raumzapfen schwabbelt eine runde elektrik. wir sind schief im raum ein raum mit schwellung der glitscht aus. der glitscht zwitschern so falten uns bildstangen entgegen und füllen raumritzen auf. so bewegen sich bildspritzpistolen selbstständig. luft ist die technick der haut. skizzen zerreißen lufträander. raum zieht luft. raum lutscht kugel. raum kugelt eis. jeder raum muß auch traktor sein damit er weiterkommt im leben und in dieser geschichte. jeder raum muß bordmechanicker sein. jeder raum wird auch comix sein. jeder raumabdruck ist gut geölt und läuft weiter.

die fläche ist ein schuß. halb schief aus der hüfte heraus. das weiß doch jeder. das licht dreht sich zusammen wie ein strick. dick schwabbelig und gebrochen. das haben wir durch computerskizzen so aufgeritzt und ausgesaugt mit unserer ach so süßen honigschleckerschachtel. das haben wir im schnalzen durch den computer nach oben dazufotografieren lassen.

das sehen ist eine anleitung. das sehen ist eine zuleitung aus stahl. der stahl blinkt. der motor spielt blume. bläst den schaltkasten nach außen zur montur. so gehen wir mit unserem fußschrittmacher dahin und haben ziemlich viel benzin im blut auf unserer jungen zunge blinken. der traktor ein ast nimmt sich im zusammenlärmen der fahrt auf die elektroschaumschaufel. sie ist ein schmetterling. sie ist mein glühkühlmittel für den motor. sie ist verliebte feinmechanick im zurückweichen der durchgenagelten geschwindigkeitsflecken glück.

eine maschine zum aussaugen der felsen. eine maschine zum auswechseln der luft. eine maschine zum ausdrehen der geraden. ein apparat zum gleichzeitigen durcheinandertauschen von gleis aus lokomotiven. einen apparat zum schnelleren aufpapieren der dampfmilch. einen apparat zum aufradieren der lärmwunden. ein ohr zum hineinlegen in

die zungenkiesen. einen mund zum herausziehen der luftsplitterhaut. einen bauch zum tätowieren im blicken auf.
sie haben also die müllhalde mit marmelade und tannenbäumen aus sägemehl in meinen körper hineingekippt oder hineinschlittern lassen als masche. sie graben hinein mit spitzen löffeln als trick. sie graben hinein und stochern umher in der denksäure würfel. computerbilder schlitzen mit einer geschickten technick aus stahl in die elektromüllhalde hinein. mein körper aus blech gehämmert erdrückt das eisen indem er sich nach vorne aufißt. jetzt wird eine gedankenzählmaschine angeschnallt. *an was denn.* an gut gezogen gekritzelte schmetterlingsluftaugen die überall mit ihren kameraugen umherflattern und alles abzufilmen versuchen als zwirn oder als mobilnetz miteinandertauchen. launige geräuscheschlucker lagern in ihren rucksäcken. das ist sehr gefährlich. der bordmechanicker gibt ein zeichen und alles fällt ganz schnell in den vorgang verdoppelt hinein.
der schmetterling hat in sich einen turbolader versteckt. so schlitzt er schnell von hier nach dort. so kann er unsere zeitlupen aufsaugen oder auswinden und gewinnt sehr viel freiraum. die schubumkehr im schmetterling ist heutzutage aus seide und raschelt ausnahmsweise ins verdämmern der leuchtkäfervertreter hinein. der turbolader und die schubumkehr sind zusammen die spitze des leuchtkäfers im aufsaugen der nichtgeschwindigkeit

fläche raum motor

die luft um uns welkt schubumkehr. also rattert zügig ein finger mit blitzen. also ein fangarm der sich ausstreckt und auseinanderfährt als formel mit griffen. der dreifache stockeinsatz wirbelt die feindurchhaltemechanick unserer frisch aufgedrehten sendeplätze auf.
ein name tritt auf und sucht rasch sein bezeichnetes. bin ich jetzt maschine name oder ding fragt er verwirrt nach allen richtungen.
vielleicht jetzt etwas neues. die brille kann auch ohne augen sehen.

schäumchen brille kann auch ohne augen denken flitzen und sich ausziehen. propellerwechsel geschieht immer schneller und schneller. aber mein ölsackerl als gelenk hier gedacht geht es verkehrt dazwischen auf reisen. aus luft da herausgelöst der bildschirme und hineingehalten in das sprachmeer gegenüber vom gegenüber und mir. gegenüber dem geschriebenen als brüchiges loch im geschehen über mich tropfend als haltegriff für mein zerrissenes lippenmeer.
gehgeräuschsmehl. gehgeräuschsmehl verdichtet die umgekehrte geschwindigkeit als löschblatt als deckblatt für die bewegung. so brauchen wir keine lösungsmittel. nur eine zunge. nur die zunge die ist unser apparat. apparat ist raumkritzel splitter. so wird genauigkeit geboren und auch geschwindigkeit lächelt immer wieder neu.........gebrochen............neu.............gebrochen................neu.....
...........angeleckt...................angerutscht................angestrichen...
zeit rinnt in den raum hinein. raum hat einen offenen unterschenkelbruch und muß geschraubt werden. raum benagelt die zeitung und spielt mit der technick umher. so flattern zeit- raum- und technickfäden durcheinander. so ist der raumknoten ein rinnen und der doppeltstockeinsatz ein loch im zeitknoten fesch. das technickei bricht und löst so manchen gedanken.
die maschinen haben wasser überschwemmt. viele dinge/fische sind frei umhergelegen und umhergeflogen und haben luft für immer verstopft. der motor erscheint als zeitloch im denken wenn ohne zahlen gewürfelt wird. die maschine zum denkranderkennen wird noch gesucht. sie ist hoch im preis und fast nirgendswo erhältlich. da sind diese leitungen die von den gegenständen in elektroluft hinausleiten/gleiten und weiter in die *nichtluft* als aufgeblasenes gedankenmeer zurückschauen oder zurücksickern oder vielleicht doch zurückschnalzen.
gemäldetücher leiten motorblöcke ganz sachte hinein in meinen bildschirm.

ein gerät zum aufreißen der wörter. ein gerät zum auseinandernehmen der wortorgane. ein gerät zum zersägen der schriftknochen. eine maschine zum keltern von wortwein. eine maschine zum mumifizieren von wortleichen. ein gerät zum zusammenklatschen von wortzeit. ein gerät zum aussaugen von wortstichen. ein gerät zum versüßen von wortgift. eine maschine zum zwischengreifen von luft. eine maschine zum zusammenkneten von sonne. eine maschine zum wegschneiden von wasser. einen apparat zum anhalt der gedanken. ein apparat zum zunähen von nebel. einen apparat zum naßwerden der sonne. ein gerät zum zusammennähen von musik mit gemälden.........
die sprachsprühmaschine ist in einer raumfalte aufgestellt und streift nach allen richtungen lücken. mit neuen blickschwämmen sind ihre gelenke gut geölt und steigen in die nächste liga auf. die gedankenzählmaschine ist eingeschaltet und blinkt wenn die anzahl erreicht ist. da fallen geräusche ins fotozuckerl und saugen umher in der keramikkrachmilch. getrunken ist so die zeitlupe schwert.
der hubschrauber versucht luftmilch und verdichtet ritzenfäden im schrei. so gleiten wir durchs gemälde und sind zugleich auch ein filmteam das sich gegenüber durchfilmt und so vielfach von allen seiten her mutiert und durchschluckt den motor als schirm. im film wird der traktor durch den schnellzug ersetzt. so vertauschten wir strecke und zeit und ersetzten die entfernung durch gefilmtes. so vertauschten wir innen und außen und sind ganz scharf und eng der wurf. der schnellzug ist eine seilbahn im geländer der zungen. ausgesprochen sind sie immer bevor sie entstehen.
die glatze scheint als maschine die sprüht. der bauch wird zum gerät das sich aufeinander flugzeugt. mein herz lagert als apparat der da aufweicht. das gedicht ist viel krach also immer im umhersteigen lust......
systemkontrollen rollen vorsichtig aber frisch über meine bildschirme hinweg.
zwischen den bildschirmen gehen ameisenapparate spazieren. das

system wird die lötstellen aufbrechen müssen. das system wird als papierlanze bauch die formeln zurückechoen müssen. das system legt leitungen durch die worte und läßt sie platzen. das zurückspiegeln der wörter verwirrt das system. die systemkontrolle durchlöchert die bildschirme und zieht fäden heraus. die öffnung wird durch ritzen abgedichtet. abgefettet. ausgeglüht.
die landschaft reißt verkehrt in den brückenpfeiler so können wir das auto viel besser herauslösen und zeit als bindungmittellöser verwenden. so halten wir die geräte besser in unseren hüften verstreut. der vogel ist ein aufgerissenes hubschrauberfoto der beschleunigt den radwechsel in der erinnerung.
ein gerät zum verlängern der dämmerung. ein gerät zum aufgehen des fotos im gemälde. ein gerät zum eintauschen von rändern mit flächen. einen apparat zum einsaugen von krach. einen apparat zum setzen von fingern für blumen. einen apparat zum tauschen von nadel mit faden im blech. eine maschine zum klanglosen zurücksüßen von zucker. eine maschine zum ausranken von salz.
bekannt wurde ich also als worteaufschlitzer. ich bin der einzige dem es gelingt worte aufzuritzen. ich bin der einzige der mit seinem gesamten körper hineinsteigen kann. so verschwinde ich auch für einige zeit. fernsehteams aus der ganzen welt filmten mit. alle sind begeistert. niemand kann es erklären.
beim herauskommen darf niemand dabeisein. ich trainiere täglich. meine technick ist gut. meine technick wird immer besser. meine aktien sind hoch gehalten. manchmal versucht die mafia den worten gicht einzuimpfen. es wird nichts nützen. davor bin ich geschützt. auch mein geheimnis. ich steige trotzdem hinein. manchmal gelingt es mir auch mich gleichzeitig um die worte zu hüllen. also hineinsteigen und zeitgleich umherhüllen. nicht jede kameratechnick schafft es da mitzugehen. zeitlupen und das ist mein trick sind da wirklich nicht möglich. manchmal nehme ich auch meine handka-

mera in die worte mit. meine kamerawände und die wortinnerein sind aus dem gleichen material gezimmert. manchmal vermischen sie sich. so geht der vorgang ganz leicht. die wortelektrikerin ist mit mir befreundet. das ist sehr gut für mich. die wortelektrikerin macht auch viele feine sachen. das freut mich sehr.
an der innenseite der wortwände hängen uhren umher. da ist das alter der worte aufgezeichnet. auf sekunden genau. hier ist jetzt wohl aber ein geheimnis das sich ausplaudert. die summe ist ein loslassen von nähten. das ist blank. das ist poliert. wie viele zählmaschinen werden benötigt. ein wort ganz laut aus dem hintergrund. wie viele zählmaschinen werden in die wortmünder genommen. klingt was an. klingelt was rauschen.
wieviel wortzählmaschinen werden für den verkauf frei gegeben. ich habe ein schiff im bauch. ein schiff mit allerbesten instrumenten. ich habe ein schiff im wortmund versteckt. mit allerbesten instrumenten. gemeinsam fahren wir umher.....
plötzlich ein fotokopierer der als blumenfinger hinausfährt und gleichzeitig als original zurückkommt und sich so kreuzt als lärmfalte tuch. er ist auch projektor der als leinwand den körper festhält. eine entwicklungssäure die als zunge wirklichkeit sachte anreißt. oder vielleicht ein motorsplitter der im seidenfettpapier ganz schnell auseinanderläuft. ein hörgerät das in den worten ganz laut und selbstbewußt umherschreit. ein mikrophon das ins geschriebene hinausrinnt. eine hörbrille die eine zunge zerleckt. ein sehmund der bohrgeräte zurückbeißt. eine schneefackel die das feuer zergehn läßt.

✍ ●↗←◆ λ™⇓τ

ein gerät zum blumenfingern der augen. ein gerät zum steineumhertragen der ohren. ein gerät zum sonneumherkneten der haut. eine maschine zum überrinnen von schrift zu papier. eine maschine zum austauschen von himmel und wolken. eine maschine zum wechseln von zeit und nichtzeit rändern. einen apparat für mein herzklopfen ohne stich.

einen apparat für löcher ohne öffnungen. einen apparat für griffe ohne halt und so weiter.....

der blick der zeitung aus den krachfenstern heraus hat gesessen. das einsaugen der kamerablicke ist wie ein sanfter blumenstich in der ganz langsamen entwicklung meiner filmsplitter. so werden auch blicke in die krachfenster eingeschweißt.

die luft hat sich die weste aufgeknöpft. so liegen die leitungen ganz frei. die luft hat einen knopf gemacht und einen trickfilm darüber projiziert.

luft liegt offen umher und ist innen ein gewehr. in der luft liegen elektrisch geladene dinge die ziehen gegenstände wie laubsägearbeiten auseinander.

die technick ist es das ausrutschen der luft im körper zu verhindern.

die technick ist es das loslösen der ränder mit luft zu vermischen.

die technick ist es die öffnung nach oben zu drücken und dadurch aus der schwerkraft zu flattern.

ein auto knallt mit weitaus überhöhter geschwindigkeit in ein foto hinein.

ein auto fährt im foto umher und zerreißt die säure im krach. ein auto kommt im foto mit der fahrbahn zusammen und zerlegt maschinen. eine raumfalte fährt jetzt verkehrt in den fotoreifen hinein und wirbelt durch.

ein ort fährt im foto auf die raumfalte jetzt zu. ein auto fährt dagegen und läßt das bild zersplittern. das zersplitterte bild saugt vom gegenüber die fahrt. der knall aus dem auto heraus erscheint als foto. nur der motor bleibt übrig und wird in baumwolle gesteckt oder zu baumwolle mutiert. so blühen die fußfinger der blumen heraus. so hält die luft ihren rücken durch den motorkritzl frei.

so fotokopieren wir die geschwindigkeit der raumfalte durch den fotoreifen frei.

indem wir raumskizzen vor uns hertragen in die wir hineinhüpfen/blicken können wir ins spiel einsteigen. wir heißen jetzt brett felix doris organ blickchen brille loch oder mutieren. die raumskizze vor uns trägt oder blickt uns durch die gegend als wortfaserfeld mit sehr viel glück. wir schlafen jetzt länger wenn wir abends die computeraugen herausnehmen. die liegen dann ganz offen da und saugen frei umherfliegende maschinenblicke auf heißt es im protokoll.

indem wir die bilder vor uns hertragen können wir hineinsteigen und das spiel mitbestimmen aber auch draußen als zuseher das geschehen beobachten und rascher aufnotieren. ringsum das bühnenbild blinzelt frech und selbstbewußt vor uns auf. geht ins tätowierte spiegelbild hinein und verdreht wirkungen.

das bühnenbild um uns sind wir selbst. wir die wir uns auf eine reise begeben und bildschirme vor uns her tragen dort sehen wir wo's passieren könnte. oder was bildschirme uns vorzuschlagen versuchen und so die ränder abreiben zwischen uns und zwischen unseren gedanken. eine brücke gebaut von meinem mund in deinen spiegel und zurück. als mögliche formulierung die ins geschehen einsteigt als raumriß in meiner erinnerung vielleicht an jolly.

das in meinen mund hingespiegelte bühnenbild und meine brücke sind sachte zusammengeschmolzen und erzeugen eine neue wirklichkeit das sehen auch brille mutieren loch felix brett doris organ und blickchenlaufen. das geräusch das vor uns her geht ist nicht wirklich unser spiegelbild oder gehört es zum bühnenbild weit draußen in einer anderen filmszene oder in einer anderen bildschirmwirklichkeit.

und immer wieder wenn ich meine computeraugen niederschlage geschieht nichts und kein lächeln fängt mich auf. so zergeht und verfängt sich zeit. so wird die bühne auf mich gehoben und ich zersplittere als bildschirmhaufenfänger.

so nennt man mich zahl und ich werde nicht mehr erkannt. dann

beginnt man auf meiner haut umherzukritzeln. dann beginnt man auf meiner haut den spiegel einzubrennen der mich zurückwirft. die kamera beißt in den löwenarsch hinein. raum spritzer verätzen eben haut. glück oder loch das weiß ich nie so genau.
plötzlich heißt es zucker ist ein fahrzeug und trinkt auf.
der hang ist schwierig. man fährt hinunter mit glasur. in der ecken stehen fette druckmaschinen und winken zu uns her. die betriebsleiterin schreit auf.
mein rosa overall zieht mich als mantel an. das zeigt der abdruck wenn man ganz genau hinsieht.

ACHTUNG ACHTUNG BITTE JETZT GEDANKENUMKEHRSCHUSZ SCHNELLER WICKELN.
ein stempel schneidet das blechdach aus. hebt es an und löscht das feuer. so ist der raum angefüllt. so ist der raum mit raumsplittern angefüllt die tanzen. so sind raumsplitter die schwellung. so platzen wände. so platzt das geräusch.
ein hubschrauber der also die luft als propeller hat. ein unterseeboot das vielleicht mit leuchtkäfern durch die gegend fliegt. die getriebemechanik die sich nun im auge versteckt. der motorschaden der stockend im ohrraum zerplatzt. das gerätekuvert das verwirrt im riechvorgang umherschmilzt. eine länge die gebückt über die breite hinwegrückt. ein fernrohr das wirklich in sich selbst das loch der gegend ist. eine fotografie die zurücksickernd selbst den apparat beheißt....
eine betonmischmaschine ist in meine wortberge hineingerast. jetzt wird betoniert. jetzt wird mit worten und beton durcheinandergehaut. jetzt werden natürlich alle alten leitungen neu verlegt. jetzt hat der wortkran die *betonmischmaschinenleitung* durcheinandergeschnalzt. die ableitung von strom ist haut. dadurch bekommt man patzen. eine schiffsschraube ist in luft ein krachometer. der streut spannung aus. dazwischen sind ritzen aus stahl. dazwischen sind die öffnungen aus augen. dazwischen ist spiegelmus aus innen im außer-

halb. die betonmischmaschine baut in die bildschirme hinein. das schält monitor ab. das wandelt strom in wasser um. das läßt luft rechnen. beton schwabbelt umher. die nadel klebt bilder weg. die nadel wickelt ein betonsackerl aus. sie sind eine concorde und auch wolke im himmel. ein umsteigen in eine andere leitung wickelt hier ein umsteigen in eine badehose. die bildlacke räumt in der lärmlacke schiff. druck wackelt lösen von mechanick. wolken schmelzen beton um filmvorführung mund. bildschirm löst zunge schlüpfen. bananen motorgetriebereste und mein magen vermischen sich und bilden einen turbolader mit weit aufgedrehten scharnieren. das überprüft die feinmechanick und garantiert ganz sicher sehr viel glück.

eine concorde ist in diesen text hineingeschlitzt. tausend teile liegen wild verstreut umher. splitter. metallsplitter. geruchssplitter. textsplitter. alles. alles. alles. alles alles alles durcheinander. so reißt der text dann weiter. schluckt wie wir sehen also die concordeteilchen. knöchel angeknackt. textknöchel hat concordeteilchen also doch noch angeknackst. die textteilchen fliegen aufeinander mit.

ein gerät zum aufkratzen der sonne. eine maschine zum knöpfen der fäden luft. einen apparat zum ausranden des radierens zeit. eine maschine zum umföhnen meiner glatze wild. ein apparat zum umkernen der ränder saft. ein gerät zum durchschlüpfen der löcher stern. einen apparat zum zuspitzen des wassers pfeil. ein gerät zum durchtauchen der wörter spagat. eine maschine zum zusammenlegen des schattens tuch.....

die concorde ist schließlich in den wortresten gelandet. dort konnte sie ganz schnell repariert werden. lötstellen sind dabei und liegen innerhalb meiner haut. ich streiche darüber und erhalte den film. der film fährt in zeitlupe durchs geschehen.

das geschehen als reparatur von flugsachen kollert in zeitlupensand hinein. die concorde wird neu gestrichen. so ersetzen wir die ausgerechnete flugstrecke. der fahrtenschreiber ist aus marzipan und fliegt noch immer zwischen unseren zungen hin und her. so können wir flugzeit und flugrichtung bestimmen und sitzen als co-pilot im co-cockpit. der spiegel indem wir schwimmen kratzlt sein gegenüber durch. so ist der faden eine maschine und zieht traktoren aus. der schraubenzieher ist auch ein getränk und löscht den durst der schrauben......

die architektur steht als motorzunge in der raumfaltenskizze umher. leuchtschrift fährt im auto als durchsichtiger autolenker dahin. der körper leert fahrkarten auseinander. die sonne scheint in die glatte geschwindigkeit. das auseinanderziehen von glas heißt schwalbe. leuchtschrift und bildschirmlackiermaschine zusammengeschraubt sind sattes echo und grüner gummi mit eis verkittet.

die landschaftsformel sieht aus wie ein motorboot das im hubschrauber durch das unterhemd flitzt. so ist die luft auch ein schraubenzieher und landet immer versteckt dabei. die neugeleckte geschwindigkeit die ihre ränder zieht tropft ganz langsam nach innen aus. die flügel der monitore streifen den hubschrauber. so wird gesickert was das zeugt hält. baumstämme haben luft aufgeknöpft. geschwindigkeit wird von haltestellen überholt. was heraustropft ist öl. da drauf schwimmt unsere hydraulik zeitversetzt. lötstellen sind zungen dort bleibt jeder hubschrauber kleben. jeder schmetterling hat ein stellwerk für güterzüge als sicherheit. jeder computer hat eine schottergrube als übergangshemd.

wenn ich die geschwindigkeit ausziehe ist es wie hüpfen.
wenn du hubschraubermarmelade durchißt wirst du ein schmetterling.
wenn ich fliege bin ich handtuch für die luft und trockne sie auf.
wenn du mit schatten die sonne ausbrennst bist du held.
wenn wir die worte aus den ohren ziehen sind wir durch.

wir haben den nadellack mit luft bestrichen. so sind die umliegenden bilder in sich zerfallen oder dampfen traktoren in spiralen weg. bananen motorgetriebereste und mein magen vermischen sich und bilden einen turbolader mit weit aufgedrehtem dingsda. zusammengelegt sind die gegenstände ring um unsere finger. sie verlängern zeit auf unsere zunge oder im ohr. wir fahren in den bildern über den nagellack hinweg und rinnen weiter ins fingern der ringe nach oben dazu.

der raum flog mit ziemlich hoher geschwindigkeit an mir vorbei und ich blieb das gekritzl hier am blatt. der hingekritzelte raum flog mit ziemlich hoch vorgestellter geschwindigkeit an mein ausgedachtes mir vorbei. skulptur so nennen wir das gekritzel hier am blatt. um den raum ist stoff gewickelt. um den raum ist ein motorrad gewickelt. um den raum spritzt die blume auf. um den raum ist der sessel ein loch oder ein leichtes auflockern der schwellung. aufgeblasen wird er wie ein wort aus metall. steht da und blinkt nach allen richtungen. wir werden angewiesen die raumaufsicht zu bitten uns die technick des raumes zu demonstrieren. wo ist der rosa overall fragt mich. er ist zum raum mutiert sage ich. die spiegel des raumes sind weich und knetbar. wie wasser leeren wir ihn zwischen krachkränen. dadurch steht immer ein bett da das wie blicke auseinanderschwillt und zusammensprüht gedanken.

der raum ist ein geschüttelte leitung und saugt durch monitore aus. der raum geht vor. die kamera rinnt zurück. der schatten wickelt sich dazwischen. so bleiben wir drinnen. kippen. kippen. kippen sonst verschluckt sich das geräusch.

der raum ist gezimmert. das zimmer ist geräumt. der raum ist aus zimmerritzen gebaut. das zimmer räumt die raumskizzen auf. der raum zimmert in der raumskizze umher. das zimmer hämmert am raum umher. in der zwischenzeit ist die mit uns befreundete elektrinkerin eingetroffen. so eine nette sagt der raum zum zimmer. so eine elektrikerin sagt die skizze zum wurf. so ein flügel am rücken der staubt. der raum im zimmer wackelt. die raumskizze in der elektrik wickelt uns in zeitlupen durch den mund. die haltesäge im

raum ist das zimmer. im loskleben des zimmers schlüpft der raum in die raumskizze hinein. wir sitzen drinnen und warten schon. wir und das muss im sagen wir sind raumskizze und modell zugleich. der raum kaut uns. das zimmer zeichnet uns. die skizze schält uns ab. so tropfen raum und zimmer durcheinander. oder schält das zimmer durch den raum als skizze. geht es dir gut bildchen du schaust mich ja so komisch traurig an.
der raum brennt im zimmer und ist also wasser. mein ohr bleibt im ohrraum kleben und schüttet musik aus. diese technick ist erlernbar. ich gebe stunden. schraube auf und bildchen durch so wird begonnen. sirene auf und bühne an kann nur nützlich sein. der raum hat sich im zimmer den knöchel angeknackst zeigt jetzt das verwischte stempelbild. die elektrik verarztet ganz sachte mit zunge den schweiß. musik hat das ohr geschluckt so haben mischkulturen den knöchel verbunden. die technick hat mich eingewechselt und gibt mir einen gutschein. am gutschein welch große überraschung bin ich abgebildet und steige von dort herunter. zeitgleich bin ich jetzt mit mir zusammen. der gutschein kauft mir ein eis und läßt mich im ohrraum schmelzen. die skizze kehrt mich auf und leckt den besen. ich schiebe mich in die zeichnung von dort aus kritzle ich die zeichnung (in der ich bin) und blicke wie leuchtschriftstifte durch die nacht. die nacht platzt das zimmer auf.
vorbei fährt der raum an der zeit und geht durcheinander auf.

Margret Kreidl

Innenraum I
Innenraum II

EINRICHTUNG I

Ablagetisch
Balkenspot
CD-Box
Doppelkommode
Ecksofa
Futonhocker
Gästebett
Halogenleuchte
Kachelofen
Ledersofa
Modulküche
Nachtkästchen
Oberschrank
Pflanzenwagen
Rattansessel
Sisalteppich
Textilgarderobe
Vitrinenschrank
Wanddekoration
Zeitschriftensammler

AUFTRITTE

1

Sie sitzt auf dem Bett und telefoniert. Sie legt den Hörer neben das Telefon.
Sie macht den Schrank auf. Sie schaut unter das Bett. Sie zieht die Schublade heraus.
Sie zündet sich eine Zigarette an. Sie macht das Fenster auf und raucht. Sie drückt die Zigarette auf dem Nachttisch aus.
Sie setzt sich und nimmt den Hörer in die Hand. Sie macht das Licht aus.

2

Sie öffnet die Tür. Er hält einen Strauß Rosen in der Hand. Sie küßt ihn auf die Wange, zärtlich.
Er zieht seinen Mantel aus und wäscht sich die Hände. Sie stellt die Vase auf den Tisch. Sie setzt sich. Er lächelt, verlegen.
Sie steht auf und wirft die Vase um.
Er breitet Taschentücher auf dem Tisch aus. Sie beginnt zu weinen.

3

Sie knien auf dem Bett. Er streicht über ihr Gesicht. Sie zerreißt sein Hemd.
Er flüstert. Sie hält ihm den Mund zu. Er nimmt ihre Hand und legt sie auf seinen Schwanz.
Sie lacht und fällt auf den Rücken. Sie lacht.
Er legt sich auf sie. Er küßt ihren Hals, ihre Brust, den Bauch. Sie bleibt liegen, still.
Er steht auf.

4

Sie macht den Vorhang auf. Sie setzt sich und zündet sich eine Zigarette an. Sie legt die Beine auf den Tisch.
Er steht auf und nimmt ihr die Zigarette aus dem Mund. Er schlägt ihr ins Gesicht.
Sie schweigt. Er legt sich aufs Bett und raucht.
Sie springt auf. Sie schreit.
Er macht das Fenster auf.

5

Er legt den Arm um sie. Er gibt ihr einen Kuß. Er nimmt ihr die Brille ab und legt sie auf das Fensterbrett.
Er zieht sie aus.
Sie steht auf und zieht sich an.
Sie setzt die Brille auf. Sie lächelt. Sie steigt auf das Fensterbrett und breitet die Arme aus.

6

Sie dreht sich im Kreis. Sie taumelt und schlägt mit dem Kopf gegen die Wand.
Sie liegt auf dem Boden und dreht sich auf den Rücken. Sie schließt die Augen.
Sie sitzt mit angezogenen Knien an der Wand. Sie öffnet die Augen.
Sie senkt den Kopf und zieht sich an der Wand hoch.
Sie atmet, laut.

7

Sie sitzt am Tisch. Sie riecht an der Flasche. Sie gießt sich ein Glas ein und nimmt einen Schluck.
Sie spuckt den Wein in das Glas zurück. Sie steht auf und geht um den Tisch herum.

Sie reißt an den Vorhängen.
Sie trinkt das Glas aus. Sie lacht. Sie nimmt die Flasche und trinkt.
Sie hört zu lachen auf. Sie legt den Zeigefinger auf den Mund. Sie horcht.
Sie hält sich die Ohren zu.

8

Er klopft mit dem Messer an sein Glas. Er steht auf und hebt das Glas. Er atmet, schwer.
Sie nimmt ihm das Glas aus der Hand. Sie lächelt ihn an. Er schwankt und fällt auf den Stuhl.
Sie streicht über sein Haar.
Sie knöpft ihre Bluse auf.
Sie setzt sich auf seinen Schoß und greift nach dem Messer.

9

Sie stellt den Kuchen auf den Tisch. Sie zündet die Kerzen an.
Sie schenkt sich ein Glas ein. Sie schneidet den Kuchen in kleine Stücke.
Das Telefon läutet. Sie kaut, schluckt, schnell.
Sie trinkt, kaut, trinkt und schluckt. Das Telefon läutet.

10

Sie sitzt auf dem Sofa, die Hände zwischen die Knie gepreßt, den Kopf gesenkt. Sie stöhnt, laut.
Sie legt die Hände auf die Knie. Sie zieht den Ring vom Finger.
Sie steht auf und legt den Ring auf den Tisch.
Sie streicht mit dem Handrücken über Mund und Wange.
Sie schiebt den Rock hoch.

11

Sie steht auf und streicht den Rock glatt. Sie geht zum Spiegel.
Sie lächelt. Sie legt die Hände an die Schläfen und schließt die Augen.
Sie atmet tief ein und aus. Sie öffnet die Augen.
Sie legt die Hände auf den Spiegel. Sie öffnet den Mund, langsam.
Sie streckt die Zunge heraus.

12

Sie wischt Löffel, Gabel und Messer mit der Serviette ab. Er liest die Zeitung.
Sie faltet die Tischdecke zusammen. Sie schaut auf die Uhr.
Sie richtet ein Bild an der Wand gerade. Sie setzt sich.
Er faltet die Zeitung zusammen. Er steht auf und nimmt das Bild von der Wand und legt es auf den Tisch.
Sie drückt das Bild an die Brust.

13

Er zieht seinen Mantel an. Sie zittert. Sie preßt sich an ihn. Sie geht vor ihm in die Knie. Sie umklammert seine Beine.
Er streicht über ihr Haar, zärtlich. Sie hebt den Kopf und schaut ihn an.
Er berührt ihre Lippen. Sie öffnet den Mund.
Er zieht eine Pistole aus der Manteltasche.

EINRICHTUNG II

Aufsatzregal
Blumenampel
Computertisch
Deckenfluter
Esstisch
Fensterdekoration
Garderobenständer
HiFi-Schrank
Klemmspot
Laminatboden
Multibeleuchtung
Nierensofa
Orientteppich
Phonokommode
Radiowecker
Schlafsofa
Tagesdecke
Videowagen
Wildlederteppich
Zierkissen

AUFTRITTE

1

Sie stellt die Koffer ab. Sie reibt sich die Hände.
Sie macht die Tür zu. Sie trägt die Koffer zum Bett. Sie setzt sich auf das Bett.
Er zieht ihr die Schuhe aus. Sie legt sich aufs Bett und dreht sich auf den Bauch.
Er setzt sich zu ihr. Sie steht auf und macht die Koffer auf.
Sie geht zum Spiegel. Sie zieht sich aus.
Er steht auf.

2

Er kniet vor ihr auf dem Boden. Er legt seine Hände auf ihre Schenkel.
Er senkt den Kopf.
Er wartet.
Sie streichelt seinen Nacken. Er hebt den Kopf. Sie gibt ihm eine Ohrfeige.
Er steht auf. Sie zupft seine Krawatte zurecht.

3

Sie steht vor dem Spiegel. Sie streicht mit beiden Händen über ihr Haar. Sie zittert.
Sie schließt die Augen. Sie küßt den Spiegel. Sie zieht das Kleid hoch bis zu den Hüften.
Sie steht vor dem Schrank. Sie lacht.
Sie öffnet den Schrank und nimmt eine Flasche heraus. Sie trinkt. Sie lacht.
Sie steht an der Wand und horcht.

4

Er setzt sich, steht auf. Er geht zum Fenster, schaut hinaus.
Er preßt sein Gesicht an die Tür.
Er setzt sich. Es klopft. Sie kommt herein.
Sie küßt ihn auf Mund und Stirn. Sie streicht über sein Haar. Sie küßt ihn.
Sie setzt sich. Er steht auf und schlägt ihr ins Gesicht. Er stößt sie vom Stuhl.

5

Er nimmt eine Flasche, öffnet sie und schenkt zwei Gläser ein. Er schiebt ein Glas über den Tisch.
Er schenkt sich noch ein Glas ein.
Er öffnet eine zweite Flasche, schenkt ein, trinkt aus.
Er steht auf und knöpft seinen Hosenschlitz zu. Er setzt sich.
Er öffnet noch eine Flasche.

6

Sie weint. Sie schluchzt. Er gibt ihr ein Taschentuch.
Sie breitet das Taschentuch auf dem Tisch aus und streicht es glatt.
Sie legt ihren Kopf zwischen die Arme auf den Tisch.
Er streicht über ihr Haar. Sie springt auf. Sie lacht, wild. Er packt sie mit beiden Händen an den Schultern.
Sie umarmt ihn, weinend. Er hält sie fest.
Sie lächelt. Sie setzt sich. Sie zieht den Ring vom Finger und legt ihn auf den Tisch.

7

Sie hält ein Glas Sekt in der Hand. Sie singt.
Sie hält die Sektflasche in der Hand. Er nimmt ihr die Flasche weg und stellt sie auf den Tisch.

Sie schreit. Er legt ihr die Hand auf den Mund.
Sie lutscht an seinen Fingern.
Er greift ihr unter den Rock. Sie singt.

8

Sie legt ein Blatt Papier auf den Tisch.
Sie legt drei Messer auf den Tisch.
Sie setzt sich und legt die linke Hand auf das Blatt. Sie spreizt die Finger.
Sie nimmt ein Messer und sticht zwischen die gespreizten Finger der linken Hand.
Sie wechselt das Messer.

9

Sie sitzt auf dem Tisch. Er seufzt, leise.
Sie streckt ihre rechte Hand aus. Er nimmt ihre Hand und küßt die Innenseite des Handgelenks. Sie schließt die Augen.
Sie öffnet die Augen. Er knöpft sein Hemd auf. Sie lacht. Sie lacht.
Sie legt die Hand auf seine Brust. Sie kratzt ihn.
Sie spreizt die Beine.

10

Sie hockt auf dem Boden. Sie hält sich am Stuhl fest. Sie steht mit einem Ruck auf. Der Stuhl fällt um.
Sie sitzt auf dem Stuhl, den Kopf nach hinten gebogen.
Sie sitzt auf dem Stuhl, den Kopf nach hinten gebogen. Sie schreit.
Er beugt sich über sie. Er streichelt ihren Hals und ihre Stirn. Er legt die Hand auf ihre Brust.
Sie summt.

11

Sie sitzt auf dem Bett. Es klopft an der Tür.
Sie hält sich die Ohren zu. Es klopft.
Sie reißt die Tür auf. Sie schlägt die Tür zu.
Sie läuft zum Fenster. Sie reißt die Vorhänge auf.
Sie taumelt, schreit. Sie schlägt das Fenster ein.

12

Sie steht auf. Er hilft ihr in die Jacke. Sie knöpft die Jacke zu.
Er schaut auf seine Armbanduhr. Er nickt. Sie seufzt und geht zur Tür. Er geht zur Tür.
Sie knöpft ihre Jacke auf. Er greift ihr auf die Brust. Er schiebt die Hand unter ihren Rock.

13

Er legt sich auf das Bett und streckt sich aus. Er seufzt.
Sie steht auf. Sie nimmt eine Pistole aus der Handtasche. Er lacht.
Sie schießt sich in den Mund.

Oswald Egger

Barbed Wire

Briefings

Auch ein Sandkorn gewinnt an Wesen, wenn um ihm die Wüste wächst.
(Inschrift an der Mauer des POW-Gefangenenlagers Camp Marfa, Texas, 1943)

In der zweiten Hälfte des 19. Jahrhunderts wurde tausend Mal der Stacheldraht erfunden (als ob es abertausend Stäbe gäbe, – sämtliche Patente – neunhundertzwanzig – unterhalten die USA), weil das Unermessliche auch das Überabzählbare bleibt? So voreingenommen zeigt sich freilich selbst Nichts, das ist, – geraum. Überland *bassin* quellen die Erträge, eingeräumt, und die Gelände rangieren sich nicht, zäunen sich nicht, sie sind gebieterisch, weil alles weitere Weite ist – di*strict* und de*fence.*

Joseph Glidden: The man who invented the modern world – he patented barbed wire in 1867:
„Last time I seed her, and I ain't seed her since
She was jackin' off a bull through a barbed wire fence."

1
Manchmal stehe ich auf, bevor es hell wird. Ich taste durchs Innenzimmer, die Flurwände entlang zum Lichtschalter, und bewege ihn wie Zeichenhand und Kreide, aufs gleich einer großen Tafel aufgemalt, so erlosch die Troff-Nacht nach Irrwisch-Striemen Wünschen, die Schlafnacht-wache Hand gedachter Ganglinien legte an Land, Triftschaft Prairie-Zügegüter mit Ladespanten Stopfpfosten vor Halbmast-Flaggen hingen Janhagel-überschlags im Bühnen-Ununwetter Schnurseils verstrahlend Plaggt-Male, so hagelweiß Graupeln, Schloosen-die zu Rinnseln quillten, Nassauen und Rost-Totwasser Wannen-überfracht wie Glommt-Kännel klitterten, ob als Prasselbeer-Büsche Untrauben auf auf die Lachen der Prairie inerter Ragblüte jetzt, ahmten, Nestnetze, und Strichel-Licht in Gliss-Siglien der Blätter Korollar auf den Kronbäumen Sprießeln innert Jahreszeiten

sintern, Seimhaut Einfallfäden der Granen Einkörner ohne Erntefest, zu sein, diskrete Stetigkeit, so Feldstark überlaufs der Licht-Bächel-die überhin verfließend sintern sind im Donner-Strähnen, Fries der Frikative.

2

Welche Welt erscheint in allem, was Schall ist! in den Ohren der Stille? die lecks in sich eingewandelten, teils stetig reziprok verstuften Eintöne (hebten) nach allenthalben Schallfolgen in ein immer mehr offenes Intervall (gelenzt). Wo der Ton ihres Tons unvernommen fehlt, das umschließende Dauern unüberhörter Fristen im Frikativ, notierte Rauschlaute, das Unbetonte, Schalllöcher, Lärmfenster, die aus Schulp-Kehler Klingwiege den schaukelnden Zusammenklang des halb Lärm, halb Stäte unenthört in sich anhaltenden Grundtons. Vernehmen, was man unter dem Ton der Rede (dass ich dich sehe) verstehen könne, dem die Rede davon fehlt? unter dem Raumeindruck hinter Schallkluften, Unmaße als Partitur von Durchlässigkeitsbereichen Verhältnisnahmen und Luftspalten Schlitzsticheln zu brechen, in Klangfülle applizierter (instruktiv rigider) Metriken. Laut- und Licht sintern nicht lückenhaft Halb Ton, Halb Leitern zum Lärm, den Stille kennt, wenn einmal eins alles ist, betont, auch unlaut (ohne Ton und Grund) von Einwandfalzen Luchten-diese i tauchen als quer-Umschnitt von der anderweiten, Seitan-Seite, Schall und Rauschen? auf. Artesische Unbrunnen atavistischer Wortfolgen; – Timbrierte Frikative, die umbetonten, Raubtlaut, und Grundeln, in sich Fugen im Zusammenklang (rigider Disopposition): Unwucht ventilieren die Halljahrsposaunen zingeln und die Schaufellaute der Lüfterflügel Trittlärmhämmer im Glucksen pausierender Oszillation.

Aber für den Tonfall ist Sturzstufen der ataktierte Saum zum *sound* genau sooft ein Schwall wie alles, was ein Ohr hat, ganz Ohr ist, und über beide Ohren Kornform krasse brecht-Risse Kopptel in Kiesnüstern Riffteln-die, Schluckschutzwälder-woraufen, wogegen Wände wogend sind (und haben Ohren), die lauschen Kraftangriffe Verfügungen der mittschnitts Porösen, Ganglinien von Lärm, den Stumme kentern, überhäuften, und Augen des Diskreten, Stille (Nichts, das ist) schneidten, Frieskogel, wenn diese Rollsiegel der Sieblinien in einer Weise nicht mehr als zu hören sind – nicht, weil sich dort kein Mucks tut, sondern weil der Lärm selbst nicht mehr dorthin reicht, wo die Schallquellen himmelten vor zu vor. Was nicht Unlaut oder taub ist, Rauschen, Schwalme Flaggt-Grane *ptyx*-Gischten Klirmen infiltrierten.

Und mit dem Stillwerden ums Betonte (Betonen statt Vertonen) wuchs auch das klangarm umklammerte Tucker-Schrubben Schelpptern-fast Schalleinlässend klinkern ins Glissando und wirr-brrdt jetztverklebte Blumen der Schwebdebögen – ein leerer Schall? Ununtöne ja, die ich nicht sein kann, Hast-Vorklänge, die nicht vernehmend würden, und die überbetonten (Silben der Stille), horchten Quelltwellen den Lärm um (Nichts, das ist).

3

Schon lerne ich, den inneren Raum abzumessen, diese unvöllige Hebbarkeit der Ösen, Ausschreitungen und Säume, und ich übersteppte die Siebflüsse rieselschüssiger Furte, aber die Abschatt-Skalen zu den Schmiege-Silben vorschwebender Unschreie, Großschnäpper, mit den Zweigfüssen übertauchter Laufspurren, diese-die verschwimmten, bildern, *„optics“*, ich

ich spreche: amorph, *sage:* „es tagt“, so anverwandelt, Schlaf-wach, mit Selbstgestalt und Schlieren, Irrwisch-Strichen Leucht-*touchiert*

erwirkte, unlaut, ein und ein *frame* vor dem Fenster, offen zum Hof, und fleckte Zink-weiß, hell-wiegend wie die Zweige, rigide durchs Gittrige einscheinend Ocker-Schoten, Zittern, zu Blatt-Paddeln überrist legiert zunächst Objekte, blättern, die Meilern unlicht sintemal *(alumen)* Wannen aus der Walz als Glimmt-Mühlen, Aluminium-Elemente im Hundertschaft, Poliert-Glossen, *„ore"* wie Stimmschlitz Lamelle Klast-Laden, Kollonade Plinth-Wände Ziegelfugen von Lehmblumen, die ich vermehrt schon sehe-ich, Ziffer-Platten im Durchhaus der Hangarhallen auf diese-hier gewahrsamen, Objekt-spezifischen, Konkretisationen in Beton.
Schlotbrocken Bagatelle, Unsteine poch-hohl und Klapfdrusen, aus Graupen, Gemmen, in perennierend ephemeren Üppigtgräsern, durch Fünfformen Drahtraut-graue Finten Flucht-umfangend überblichs ein Milbhimmel aus Frühlicht-strichen Lidern und die Insekten Quellen des Krieges untot vor den Verschiebe-Fenstern, Schlummerblumen, Grillen und Flaggtsamen Lappen-dach, die Wölbbögen Verschnauf-Stufen Tüpfelbüsche, Trockenkeime, Unheimchen, alles Halmschaft überflügelnd und *aigrette,* Springfelder, Stakendiese, die infiniten, die Formen zu Gebilden auf-aufgehäuften als obschon *contouren, wie* wenn, wie Augen, Würfel, diese selber, Tagfallend

ich habe die *tank*-Attrappen gezählt, in einer Warnzahl oder, genauer, entlang eines Ganges von N nach S, den gruppierten Elemente-Häufungen entlang. Dabei habe ich die unorientierte Rotation der Betonungen beobachtet, das quasi Aufgehobensein von Richtwinkeln, weil sie das Areale areal zeigt, unter dessem jeweiligen Aspekt, der sich-von-sich abschreitend weicht – einem anderen (unweiten) Ein- und (rundaus) Durchblick stattgebend, ohne ihm Raum zu lassen, diesen vielmehr eineindeutig selber einzunehmen, ihn zu passieren, und dann in eine Erdruck-artige, rhythmische Hand-geführte Schau-Bewegung, nach Schritt und Gang aufzulösen, nicht ohne der Verwirrung. Aber eigentlich ist die wiesenhafte Wüste Krag-weit, karg, und voller Wachssamen, Fugwurzeln und tobendem Stoppelgras, mit Kletternadeln und Knotgrannen, die sich gegenseitig aufstacheln zu Brechbüschen Schnutbeeren im Quillt-blättrigen Räkelgras, und Glatt-Hangwieden-die Zahnt-Malven Strahlgarn vom Trostschimmer der Summblumen Spelzginster im Sprießel-Trieben anhaltenden Regen.

Der nachtweite Raum, den ich auglos weiß, und ungrund von Gedanken, hat mich wachbleiben lassen, es ist spät (sehr spät), mein Herz schlägt mich zu Scheitern, und wie die Bilder stürmen jetzt, ich jage, klittere und hasche, klöne Glosen, vorwach, wie Aug-los vom Glutboden klaffter Unruhe ohne Kuhle, Wehen, die Brennt-weide-der Heck-Schlaf im Bunker und Staketen. Kann sein, ich räume das Vermeintliche nur ein, und Vigilien und Unblumen sind die Schachtlachen der Steppnacht, in Aufnaht-saume Quillt-felder überteilt, Hast-rasche Lichtstücke der Glischt-himmel überstülpt aus Häuften, Drahtkörben von Flochtwaben-der nass-zagen Glast-prusten Spikekörner gegen Fenster (zum Gelände), prasseln, Hagel-grat aggregierte Tage toben, wüten, überwintern Eissturm – die prairiale Büschel-Wüste ungelände bleibte rundauf vereist in Pitschel-glastem Sturmregen kaltnadel herabfallender Striemen, die schon in der Luft gefrierten, Frost-Glossen von den Pfosten bis zum Horizont, die Insassen hüllen sich in Behelfs-mäntel, die unerworben sind, und Handschuhe, die wie Hautlappen von Agrarwesen über die Windlitzen Farren buhnen Plätze hasteten, gleißte Straßenstriche, beinahe hampelnd, aber nur, um sich im Vorherbst schärm der Lehmwände aufzuwärmen, Blitze, weiße falch-flachweite (zeichne ich) *lightnings* in den Wegriemen der Wiese (und es troff). Rain-Drainage von den Lichtpinien und Wagthaus-Baracken, Fogvorhängen Dornen, Steppt-Ästen, die Agaven Glutkugelblumen vor den Unhausfluren Hubkolben, Schrotkronen und Pistillen, die Busch-Pusteln versengen stockt-Flecken ihre Sandschraffen Böschungshöhen nach abfallenden Fluß-Buchten, die *outline* Klafften Halft-Kabeladern verlaufen, schon überbrücken sie versiege „jetzt-jetzt-jetzt" den *creek (es* regnet).

Bevor ich mich vergesse, Kasematt, erwähne ich die Hallen, notiere rufweit zwischen Gitter-Silhouetten Unzedern der Juccastrubben *dawn* skaliert ein Farbereignis, Minutumblättern zu Hutwolkenkratern auf dem Glutvulkan des uneinbrechenden Morgenfogs, wovon wrasend Frührotfrüchte aufschienen, wieder Himmlitzten Blitze vor dem glischten Ungrund der Tundra (Sierra-der, Prairie), mit ihren unkeim blanken Vorvorkommnissen aus Ragtsteinen Gleitsprossen und glucksen Schnak-Samen der Spelz-Flächen brühweiß, graue, dünnkrümelige Fließschichten überdecken die Filzleftzen im halb Mond, halb Nomen (sage ich), der Sturmzorn lag im Schlummer, Dicht-Akanthe Arabesken-Miene, Züge, Front von Vorn überlagen nachberührt ein kosfalt falb-guirrlandes Strichellicht, von zinnoberrot gehege, Tönungen, die *crayon* in Kreide stehend-kreisen und („SRKLS") Streiflicht überwoben. Im selben Tonfall bändelt sich-um-sich grotesk die Sphären-phase Kuppel, Färbersterne, Streifen verwoben jetzt zu Violen, Kupferblumben, Karminminuten folgten vitriol, in Richtungs-winden-die richtfest ins Rauhblau überflimmern purpurn, und die Bäume fällten, völlig unlicht-säge Strunk-Stubben abholz, diese-die verkieselten Klitterungen ragten rod-Lagen in *lopping*-Splittern kahlschlag über Betonit-wüsten passim, stößelnweis verstreut, zu Zettel-Schelpern, und die Trockenflüsse gleichen sich den Schleichwegen an, die Krustentiere, Spurrtwesen unterscheiden.

Ich zähle nicht übersichtlich, Schellsteine wie Schotrollen über die Kegelöde der Erosion und vermuren, Schründen, verkümmern zu Krumblumen Trocken-Rispen und Flusen Widerrist treibend, aufstrudelnd und Bilder-wirbelnd in den Flüssigrissen der Iris, weil kein Auge außenwendig reicht, sintern (und sich erstreckt). – Es scheint wichtig zu sein, die Gebiete abzustecken, vielleicht nur in Gedanken, aber keinen Pfosten zu verlieren, und die Beschaffenheit der gedachten Zäune selber – Dreh der Rede – einzuwenden – *wired,* wie wenn ich meilern die Hangare überhalle der Artillerie, Unblumen aus Betonungen und wie unverwüstlich, aber an der Küste zur Wüste doch, Gegenwarten, versetzt mit Konkretisationen in Beton, Alumen, Rißdraht-Stacheln, *stars and stripes* (umlagern).

Das heißt vor allem *patrol,* nicht *petrol* für alle, zuinnerst *beam* im „Petroleum Perm Basin", inschüssig liegend-die Landungsbrücken der Homo-Gene-die Egalisierten und so eineingemischten Desasterdaß Apoll, der Halbadler, zu aufgesetzt erscheinte, Feldzeichens einer Stirnfront engschlächtiger *interweaves* von trabanten *vaste staves* und Monstertruckern, die Barriere-Strippen Überhänger einer Invasion von Kaufkräften, Geschäftsgefecht umwirrlter Zonen-wo Abwehr- und Rohstoffe lagern, Zinkminium und Täuschhändel der Manöver-Hülsen-die *decadet* zu *pod*-Schoten schwärmen, in Fruchtherden Folgen Land *hum and haw;* wie Heu gewinnen und lancieren, das Bodenkriegen und der Seinsstolz jetzt der Tapferwaren Heimwerker, der Home-Runnings, die Tom-Sawyer-Buden der Staketen Wellenbretter abständigen dem Meer von Begebenheiten, Raumfahrer, die im Stauchanzug versteckten Fondsmaker und inkorporierten Ehrenwerte-die Streichhand ummantelnden Bewandtnisse, das ganze Keuchtun vermehrt sich *perorate* außer allem, was eins ist: uneins, und (Nichts, das ist).

Wer bin ich nicht, der ich nicht bin? Und indessen, unwährend erqueren Güterzuggüter, im Gleis-Schnitt von Stunden, die Minuten sind, zenit das Arsenal, und scheitelt das Areale in zwei areal unzusammenhängende Gebiete, diese einigenden Minuten einer Dauer entlang, und die Waggons sind beladen mit unbunt satten, zeugvollen Containern der Litanei, in verschiedenfarbigem Materialmetall, zumeist zwei übereinander korollare, sodaß der Sattel-Zug, mit einem Dopplerton zur Schärung in Zweit-Etagen als ein Farbschnitt erscheinte und, vorüberführend, verschwimmt (ohne zu verschwinden), ... jene überragen einander *train* in einer Reihe von gepellten, Unkuppeln, und Sandparterre Schürfwunden in der Patina von Asche und Rostwasser und Hohl-Kogeln-die bracken, Ockertrögen Rieselwannen Fint-Kiesel spielend gleißen, in absteppt-lecken Schichtlinien halb Licht, halb Nicht-Licht, sie überreißen die Erde und letzen, leeren sie ins Verkehrte, die Braunkohle und das Steingut der drift-Wüstnissen lederner Ödhölzer, diese Dwarren Lichtbüschel fast Dickicht und Hecken, Brennt-Herde über Himmel und Hügel, unverstuft, faucht, kieseln überhäuft erglischten ungebrannt die Zischt-Kreiden mitunter Emulsion gelöschten Kalkblasen, Inklusionen im Kopfstein, Welt-einfallende Konglomeriten und

unorientiert rotierend, unter Tagen arretiert, in der allenthalb überraschten Tatsache, das Ungewahre in den Gewahrsam übersilben, bildern, diese raumfordernde Veränderung in grauen Zellen, Schutzbunkern, *es ist besser, seinen Kopf zu benutzen, als ihn zu verlieren,* schreibe ich vorschacht an die Stellwand des Lagerarsenals, Klandestinität, diese Welt in der Welt, die sich-inSicht ereignen läßt? Ich war mittlerweile in Gedanken, ich-ich war währenddessen, fabellos, in Unräumen, Nüstern und Wüsten, die wie Sprache Wort-für-Wort verkieseln, ansanden und dünenhaft verwandern, Räumte, die das Freie suchen, das Weite in sich ereignen, verwandeln einander an? wie Unlinien, die zur Gewitterfront durchbrechen, unlicht fast vom Sturmzorn, Fließfiguren und Zaddelstreifs Hagel in Kugelgröße überhäuft die Scherstufen im Schwelgras, Stachelbeeren, mit Weißkiesnestern, die zu Schottern schmolzen, und Litzen von Lichtsekunden übergrellen den Unhimmel mitunter, Fulgurationen von Richtungen, die im Epochen der Bewegung innehalten, Unruh-Uhren ohne Chiffren, diese Zweitsaum überlaufend, die Kimm-Stimme krönende, Horizont-Zinken, ohne der Erde einzufallen (rede ich mir ein), wenn sie am schönsten sind.

4

Zwei zu fünf schätze ich die Abstände zwischen den Zeilen, drei zu fünf die Abstände einer Reihe und zwei zu drei die Maße der Stelen selbst. Wenn ich vorbeifuhr auf eingefriedeten Feldern, frug ich mich, ob die gegeneinander rangierenden Zeilen und Reihen den Anschein wiedererwecken, dass da Garben, Büschel von Varianten aus den Gräben sprossen und verfließen gleichsam, und die Ganglinien zwischen den Andenken punktum –

Freien Fußes will ich durch die Regenschnüre bindseln, Regenerationen von stechen *Deja vue's* im Hellfeld *intervallen,* Versetzungslinien, Trübpunkt-Übergänge und die Bilder verschwimmten (im Regen), die Bögen der Teerbahn, Graupeln diese Trassen Travertin-Straßen sind-ist eine Rampe, mit Spurrillen und haftnassen Rutschwannen, ich komme Unwut zur Trail-Einfahrt auf die Passagen, und ich-ich sehe nicht, Risszielge von Stocherpalmen Blust-Stubben (Palisade) Nadelspitzen mit Kopfflut, Kalmblätter, die wie kleine, rundblättrige Finger aus der Erde greifen, Scheinrinden, die Schwebraben, Lichtfichten, Höckerfelsen, Umbuckel, dieser Limes von Windpfeilern rechtsläufiger, ringsgängiger Blickdichte im Quirlfeld vorbei an den Flügelwäldern der Nichtblütler, die im Windsattel des Channels und, diese hier, Disfigurationen Stelzblumen zu

Grenzfeldern der Vorüberflügel und Kraftplantagen (außer Atem), mit Rotorblättern Unsummen der Generatoren von Wickelsachen in Festverankerung, Windeseil umspielte Witterungen und Menschen, die grüßen (die nicht grüßen), die Kampflust vom Kapital, die geraume Kubatur der Anwesen zur Verteidigung (bilden einen Ring) – um Geldanlagen. *Rien,* im Spiel *zu sein,* (kaum es zu haben) ... das Golf-Tun auf Unwiesen, das Vorrasen, und Übertreiben der Spröd-Bäume übersommern, von Trockengrenzen Graben-Halblinien mit ihren Fächerstrunken Büschel*muffins* und Restblüten in gleicherhand Höhen, Teesemmeln auf den Lichtfingern der Koala-Sukkulenten, Dorn-holder die Kakteen und Strebglieder wiederhin wie *Vau's,* wie *views,* wie die hervorragen im Jetztlicht aus Karstglut und Mulden – Sandmulden – (worin die Zeit vergeht).

5

Welcome, ich verirre mich zuerst bei den Parkbunkern Verladestellen, den Lichtsilos im Triefdunkeln *rush* der vollen Stunden, und die Regenbahnen Wannen von Asphalt, mit den Stopblumen von den Duftfarben der Ampeln, die mir zunicken, und winkeln, wie Gluckdolden, die im Sturm läuten und Kreuzungen von Staubblütlern ganzer Erbfolgen von Steinfrüchten Ableger-Belägen in Fuß-Beeten, die Rollkiesel und Lichtpinien Baracken, Steppt-Äste, die nicht stechen, Kugelblumen vor Unhausfluren Hubkolben und Flintwinde Umtriebe in Büscheln, Rauch von Flug-Schwalben Vögeln überhäufte weitstrahlige Agaven, das Vage, VV – wie *double-views,* wie völlig überhimmelt, die Grußwut im Unsummen von *Divisionen* Malen, Blatt-Schwaden Unfarben einer fast Ilias der Silben (kleine, ungeteilte Aufmerksamkeiten).

Diaspern schon sooft, ungeheure Räume des Gedächtnisses, die sich Aufmerksamkeit, Erwartung und Erinnerung einander anverwandeln, diese-die Gefangenschaft in Gegenwart *zu sein* (Gegenwarten). Wie Licht-strich erscheinende, gebietszusammenhängenden Zeichen, die bis zum Dort hinaus zeigen und über das Dort hinaus erweisen, aus-auftapezierte, Verfliesungen (wie Abblätterungen von der wirklichen Welt), und alle Striche, alle Linien, mithin alles, was sich zunächst ersichtlich abzeichnete, wieder aus den Blättern Luken Lidern auf-und ausgeschnitten, sodaß die Gleichfärbigkeit von Grund und Muster wandentlang sich-in-sich (und um sich) spiegelte (zwischen lichtem Schatten und Absenzen, die in *contouren* Verschubstufen und aus abständigen Umsäumen unweiß hervortreten und jetzt sich-von-sich, gleich einem beständigen Wechsel des Tons in Tönen *vice versa* überschatten und gleichsaum – vorsehen), verfugte, Reibelaute aufgekachelt, auf in ein weitstrahliges Fries („von Frikativen"), zartsam und bestimmt, *pencil* und *pensile* zusammenhängend, aber dem schwanken Zusammenhang gleichsam seine Richtung, ja, gebend, pendelnd, ellbeugend (wie quasi Aufhören mit ausmalendem Verzeichnen) im unhalben Kreis, eher (in der Kreide stehen) als Wollflox (zur Kohle kommen) in schwelbfarb scheuchzen Frauchtfäden jetztzeit zusehends, die zu schwärmen bildernden Pünktchen, die, im Geraumen, Wegzusammenhang *als ob,* strikt lokal verdacht, ein Kontinuum areal umfingen und die Zäune der Einsicht immer lichtflüchtiger in die Sperrfelder zu versetzen – suchen.

Es gibt Wege, worauf man weiter nichts als flache Gegenden, Farmen und Dorf, wo gar keine Erhöhungen von Erde anzutreffen sind, erwartet, Weitläufigkeiten, die selbander („übers Dort hinaus") erübrigen, ja, ich setze voraus, ich hätte diese-die Gegenden gar noch nicht gesehen, als im projizierten Chartern einer Karte anzugeben war (und was selbst abständiger vermißt). Und ich erkennte und befinde mich im schloten Unbrunnen, die Ganglinien der Sonne zu erraten, bis ihre Fäden ins ereignende Gesichtsfeld – fällten. Denn ein Ort müsse Rot-Zedern festzusetzen sein, wo man sich-in-sich befindet, borkt, und mit den Trappt-Klappen Schnalzen der Überflügel schallen auch die Entomologen an der Heimatfront.

So ist *compound* der Ort Torlos, unorientiert rotierend, häufig, das erste, was zu Malen ist. Vor allen Dingen müsse aber Habe im Lager sein, ins Zeug gelegt, diese Nistnissen der Unvermesser, die im Langstrecken bombastischer Trinität die Welt so übertrieben und, versanden, Flugweisel mit Nesseln, Rüsseln, Fühlhorn-Formen hopfender Vitriol-Piloten drobend die prahlen Kiesel-Brekzien flüssig-glaster Triebdünen der Krater-Jade „heller als der Tag“ erraten. Ich begebe mich nach W, und sehe, wie das Dorf an der Straße A, die nach B führt, gleichsaum übersiedelt, winkelt, in Sukzessiv-Stufen graduiert zu Etappen der Untat, und Nebel rauchend (demarkiert) ...

... *fence* in der Nacht der Überlieferung und überhimmeln ihre Mädig-Schärren unstirner Milch, Flake-Splitter vom Unbluff der Wismutigen Schürfen, Laufschriften Buchstaben im Lauf, Wisent, lauf!, den Bison, Fasel, Eifer-Farren *unaffair* wie Sterks erschießen jetzt, umsprechen, vom Vertrauen in die Taufe ziehen (die Moräne von Migranten, Schleppern, Unegalen). Ich werde zuggleich einen neuen Treidelpfad gewahr, den ich ebenso nach seinen Trag-Schrägen ataktiere und, frage den Boten nicht nach Botschaft, sondern – nach dem Weg – wohin er ginge, und überschreibe auch vermerke mein Brouillon. Durch Linien verspielt erhalte ich gedachte Gräben, die das Feld verbrachen, auffurchen und unsaat verzeichnen, ich-(ich schreite weiter).

Diese – anderweite – *Welt in der Welt* erblüht, inchoativ im Schlaf von Korollaren, Unblumen am Rande zur Evidenz – denunziert, fand Stab-Flaggtstaffeln postillierte, Redesaster von Fulgurations-Flächen Luftunruhen und, Unblößen im Tarnaufzug von Pausen-Signal-Pausen, einer nach der andern, Truck-Lokomotionen in Fall-regen hängt-Abstrichen eines Vorherbstigen Morsegewitters, Spalier-Spanten der Rüster, Reihen-Trains und ergatterte Ungärten, Übersiedelungsunternehmen für Untergebene, die Gefangene im Gegenwarten sintern, Pixel im x-beliebigen der Taxonomie, der Vollzugsgesetze einstirniger Vermutungen, Verzugshutungen, Indikationen, das priairale Parterre der Migration, von Graslandinseln, Glück-gehabtem Terrain der Akribien (aus den Brachen akkurat) des Novalackers eines Tages doch, anscheinend, ein Land-in-sich hervorbreche und wie die artesischen Unbrunnen „gleich und gleich"

Raum gewinnt (wie die Rede Boden) und Projektion, die nach allenthalben Wege legt (um sie am Ende, uneinräumend überkant, selbander aufzuzeigen). Man wird das Kanevas wie die Gitter *ecbasis captivi* gleichsam überschatten, auch (nicht ermessen:) vermissen, und Nichts, das ist, kaum auszumalende Vermögen Einzelhaft der Hemmnis-Sphären Erde sich-um-sich ununendlich fortgesetzt in Rede denken, so vorgestellt – als ob – (dann und wann). Manches Mal erscheint in die Mangel genommen (einer Mandel), Nichtohne sich (von sich) zu teilen zu ereignen. Auch ungefilde austarierte Drahtschmiede der Arretierten, mit ihren *hooks* im coup, sukkulent zu stacheln, *wireless* in den Unwiesen dieser-wie raumzeit nichteuklidischen Kriege, die Tag um Tag verwarten, Frist vom Los, gehege, ohne festzusetzen, Staffagen der Halbhut, den hagt-Zaun wirrseln zu drillen, Heim-ein zu treiben, vorhämmernd, und die Pfosten Nägel, Siegel-die ihre Aufzahl stempeln, Teer und Plume, Nagel, Kopf, Draht und Kragen, keine *quincunx*-Rauten Ornamente tragen-diese, Numerale ...

... Alleen, die aufs Fort und Dorf in einer Linie fluchten, liegen mir, Haft-Pappeln, wie *paperbirk*-Rinde Gestrüppe überschatten sie Stauben und Wachholderposten, die den Marsch erschwerten, Schwemmt-Büschel mit Locusten Honigtausend Ärmel-Waben Ästen, Längen werde ich überschreiten oder ohnemaß erschätzen, und die Lauffiguren auf den Sichtnetz-Zäunen revellieren und Zierdraht aus den Augen leeren, ja, liieren, die Weite gibt sich (sich von selbst).

Gründweiß im Flachwasser-Bassin, zu Unteilen ein Kanal, Pergulaknoten des Konkreten, Hofoffen, zum Böschungsgefälle hin, Fließbeton und Unformen, Anlandebrücken als Stegtisch, mit Lauerbeinen, zum Vorsprung bereite, Mantisse Grachtgassen zwischen Bauten, Hangar-Halden, mit einem Hang zum Horizont, Einmauern, die zingeln ihre Mitte ungeraum umfingen, aber nicht in sich verklammern, ungebäude, aufs Außen, reimen, Kastrahmen außer Haus, und Inbrunnen ein Tiegel-schacht Heimgarten-der Kubus als Quelltext incubierter, Schlaf-Falten an der Schläfe. *Worin die Zeit vergeht,* seit Jahren, unversehens. Auch ich wände ein, stelle mich hinter Sprachgitter meiner Ausfluchten und schaue, wie wenn Kosnamen über den litoralen Landschaft der Wortfelder ~streichten – Meere von Moiré. Zwischen den Gezeiten erstreckte sich von Dauer ein Geraum – das Leben, ein Geraum – nichts als sich-in-sich erwirkt *zu sein:* diese-die *wechselständige Selbstdurchdringung* (die spaltbreit Ausfluchten hat) und Aufenthalt, so unweit viele, die darren Schreckfalter und kerfe Anbeterinnen rasseln fast in der Unglut weißgleicher Stunden, binnen Triftrissen der Iris.

Die Welt ist alles Scheiben, wenn vorauf Sterzen, Gramben Kiesgleisen die Drohnbahn ihre Lagerstadt durchfährt, wie mit Packschaften Strichel-Flächen im Versandgut einer Warenmenge leeren

Unlast, Schelpern, und die Schraubknaufe kuppten eins ums andere verschlauft, Stelppte, Sprießel, Gleiste, Kloßnägel unentwegt, bebten vorwart unter Strömen übervöllig so urtransportiert, die appostierten Pfosten, und einhämmern auf auf die dorrte Trockenerde ohne Klang und Namen, und eine Folge von Draht-Apparaten Spannten aneinanderreihen, ob wie aber appretiertes Stachelgras, und abzusteppen war, und ruckse Schubkraft vor bis aufs Dort Zinken der Quincunx, und ziehe überland *lozenge* nach, *Translatzen Wort für Wort* jetzt bis hin über Rauken.

6

Ich fing einen Traum ein zu -teidingen, und fing an, mir vorzustellen schon, vom Fort troffen Patriot-Raketen in die Totwasserlachen Gesprächsfetzen, Mastblumen, die in den Gluthimmel stielten, Gefechtslinien überschwimmten die *blue line* großer Schluchtflüsse und Dienststreif Flaggt-Laken-die nach Sternen greifen, *robbery fields*-die Kruppen außen *bordern* aber (bloß Briefings sind).

Erna Holleis

2302

Soll ich in meinem Haus zur Arbeit fliegen? Tagenger nicht im Auto, nicht im Flugzeug, im eigenen Haus. Lieber nicht. Feinde, ich will nicht. Und ein bißchen mehr Bewegung, ist die Erde auch alt. Bald Urlaub bald; an die Blumgabelküste gebucht, da treff ich strikt Piniwe und Anno, Geschwister auf Vorurlaub. Gibts dort immer noch Leuchttürme mit ausLochBlumenStiegen?

Wolken auf, wieder stürmisch werden, zieh ich – dieser Mantel sieht aus wie Leder, obwohl er pflanzlich ist neben all dem künstlichen Gewand, schlecht das Gewissen. Als Tierbeauftragter will ich kein Leder, das gibts genau jetzt nur noch in bestimmten islamsektenrestlichen Landstrichen.

Mir blüht ein neuer Kopf, das Feier-Tagenger-AkademikfrischlingsWochenend hat noch scharfe Getränke als Restbestimmung, Test: ich kann Autofahren, Einbau fixer Praxis. Ich 30 Jahr, zur Grundsicherung und zum elterlichen und zu Annos Geld mein eigenes großes, kenn ich die Freiheit endlich, zur Mutter zurückzukehren und dem Vater nicht automatisch Todwunsch bis zum Medizinstudium, damit Tagenger leben kann statt ewigem Gott zwischen Alten und Jungen. Ich schlittere daher in meinem Dienstauto, in schillernd Silberblau gehoben, von mir gesucht und seit Akademikakt mein Besitz, den Flugwagen brauch ich für Privat, endlich werd ich bald gärtnern, Hund Haus und Hof.

Mir quatscht meine neue Krone, das Geschichtestudium geistert bis in meinen Alb, meine akadem. Wasserspiele (ich erschreckte mich hauptsächlich mit ‚1999' bis ‚2099') strömen ammoniakalischen Gestank, ‚Haut' von Tieren, Fleischfraß trotz Soja und reichlichen Nahrungsangebots, verzählt die Ställe ... wiederholt mußt ich kotzen bis zum Tränentod, Gerüche früherer Leute dabei, die noch nicht die Möglichkeit, ihre Aus-ungen als schönste Düfte sich homöopathala gleich am Morgen in die beste Laune verströmen zu lassen.

‚Leder', wenigstens als hautfreundlich' Gewand verarbeitet zu haben, Nebenprodukt des Schlachtens, statt in den Müll, jetzt, in der Gleichberechtigung von Tier und Mensch, abgeschafft. Was mit teurer Überraschung aus Leder und Webpelz? Wenn frau man lieber hat als Tier, ists eine nervöse Haut. Sapiensschale kann auch als Leder nicht dienen. Fundamental damals hauptsächlich Schwangmenscherwahn, nichts als Schweinskopfsemmeln. ‚2202' kam kein Mensch mehr in Versuchung, Tierisches anzunehmen oder zu kaufen; bemüht, Inspekteur exakt in diesem Gedenkjahr, lauert auch in meiner Gedenkrede.

Ich und die Sprache um das ‚Jahrtausendwende'n, zur Hobbysprache verkommen – das uns nachhängt, doch etwas, das mich lockt, häufig schon fort: die Großschreibungen und Umständlichkeiten, die Zeit zuließen, erkämpften, gleich Stottern, das Zuhören gebot. Auch hatte person sich vor ‚2000' wohl unbelauschter in puncto Gedanken (außer die – an ‚Gott' glaubten). – Ich und zuhaus ein Programm, das meine Gedanken widergibt, halte ich Hände die viertel Stunde auf Wiesenbord. Bin nicht ganz zufrieden, zwar bleibt Arbeit erspart, doch zensiere person sich bitte laufend. Und die Sprache nicht immer, was ich erwarte. Akzeptiert das Programm meine Sätze nur widerwillig?

Damals begann ewiges Mußtipp, doch flatterte ins Haus was, ohne daß es im Zimmer sofort irgendwo aufzuleuchten begann oder person gar etwas unbedingt zuzuschalten hatte oder zu sprechen und: gaffen. Kuverts sah person an, daß sie so gut wie jedes

Mal nicht geöffnet. Im Schriftlichen häufiger Höflichkeiten bis sich-auf-Nerv, doch was ist nun davon schon übrig außer schmerzensreichen Sohlen, die zum Schädel vollkommnen.

Urskandinavien, Fennoskandia, so rausche ich entzügelt, Nielander? – in meiner Antiklotion mit 60 km/h, cremeverpackt und von den Dacharmen massiert, sodaß ich bis zur Ankunft in Wink o. k. gern denke.

Die Vorbilder für nettes Sprachverhalten teilweise vor schon langen Zeiten auch Tiere. Kommunikation raus aus billiger Kommunion, nur Teil, meist der wesentliche, verstanden. ‚Es geht um die Wurst', sagt heute nicht einmal ein Selchkopf mehr; besonders für Liebende jedes nicht gesprochene Wort hilfreich. Von ‚2000'lern zu wenig Konstrukt gelöst (stattdessen Werbung für Fleisch & Schinken, als sie begriffen, daß immer mehr sich vom Fraß befreiten), beide Geschlechter und die Trans reden zuviel, erklären die Welt sich aus Geschichte und Kindheit und durch mangelhafte Netzprogramme. So wird entschuldigt – statt gut und besser.

Niefraud-niemand trennt Tiere von alten Leuten, jedes Mensch ahnt, daß es nicht gut wäre (die ‚1999'–‚2099'er-innen glaubten Gegenteil), würde es auf Leben im All stoßen, weil es eher so unterentwickelt wäre wie ‚unser' Vorgang oder unüberwindbar unentwickelt oder ‚entwickelt'.

Kämme den Sprung, Tagenger. Wie aber Gipsfuß fort nach Schnürung vergangener Tage?

Dienst wie du tun ca. 30 Prozent weltweit, caritas, agápe, person plaudert-aufmuntert-mit Pets spricht, lang mit alten Menschen, doch gehört zu den anstrengendsten, die meisten Menschleut hingegen von ihren lichtdurchfluteten Fenstern Nachrichten empfangen, betreiben Firmen und sind kaum mobil.

Wink. Endlich. Nein, endlos. Dieses künstliche Licht! Wenigstens nur Einfahrtgruß. Gestern war ich schon hier, da hat es mich noch nicht so durchjammert, Tagenger, ging, einfach, arbeiten. Heute will er tanken, Natur, im Dorf statt durchfahren, nicht dieses kitschige Menschwaswie, meist gar nicht Kunst, Menschheit platonisch – Sohle tut weh wieder, als könne sie bald nicht mehr aussteigen. Geht die Sonne unter, färben sich die Wälder pink, Grünwolk, schemhaft, meins ists nicht, obwohl als Kleidungsfarbe häufig perfekt. Es nützt Tieren nichts. Wieso Natur leugnen wieder? Pfeifseufzen steigt aus mir, kriegt Fahrzeug bald. Mein Silberzacke läßt sich nicht so leicht beirren wie einstens Fahrspurspannweitenwesen oder irgend Wagen! Lieber bringt er einen Schloßwald für Wintertiere entgegen scheinbar moderner Zeit, wo der die das Luft verpestet! Wars das, das damals in vielen Köpfen sich spulte, verknotete durch geizige Groschen?

Laufflächen – pfuipfaff, Menschsein, die vielen ‚Vor'bilder, wozu habe ich diese Irrläufer-Species studiert – Einsamkeit rüttelt 30 auf. Heut abend werden Gäste kommen, Freund-innen; Unbekannte, die über Schock-ie-Lampion:SprechzumirMimie auf meinen exakten Partnerinwunsch. 100 Netznasen haben sich angemeldet, gibt viel einzukaufen.
Lampion, ich zündete ihn, der seit ‚2268' erst ermöglichte, einen Traum weltweit zugänglich zu machen, der für Tagenger sehr wichtig ist, und als er Zeit für einen nächtlichen fand: Von Blumen geträumt inmitten Bikinilady: auf Brust links drei Bienen, in der Mitte eine, rechts drei Bienen. Tattoos, punktkäferfarben. Wäschel-

eine, Tau dem Bächlein, Gartenspritzerin, vertrau dem ganzen Strauß.
Wie liebst du Tagenger Bienen, Käfer, Hummeln! Nicht, weil noch um ‚2050‘ wenige Männer die Frau da als ‚flotte Biene‘ bequatschten. Sondern, weil die Frau Gärten aufnotiert, Bienen schützt und dort lebt, abgeschirmt von Menschmatt. Viele Jahre hat sie gearbeitet, um dieses Grundstück zu kaufen, offen fürs Land.
Tagenger wird einst gehen an der Hand der Bienenfrau. Lächelt ihn an, die seinige, gehen sie in die Stadt, zeigen sie ihre Liebe, neurophysisch, ermuntern, sich in Glückhaft zu begeben, können gleichwohl meist ohne Zuschauer-innen leben.

Tagenger fährt am INTERKÜSS vorbei, in dem er auf dem Rückweg für den Schönabend in seinem Paradieschen einkaufen will.
Jetzt nehme ich mich schnell auf, gähnt Tagengers Reststudienwahn: ‚1999-2099‘ Vorbild in Feinheiten, imgroßenundganzennicht.VorMenschschsch(!7Mrd!!)keineöffentlichenKatzundHundespielplätzeMenschkindStiefelstaatpacktEinkaufHundedurftennichtinsWagerlausInternetFutterbestelltohneGibTiernamenanVermassunginEinsamkeitenvorstellbarkaumstellArmutabgegen,2050’erstrechtLeutinFlutgerissenzuallemKlonkennereienSounsinnigKriegsosehrichZeichnungen,menschlichen’und,tierischen‘LeidsvieleStudientränenspendierteesbedurfteinalterKälteWeltkriegzwischenFrauenundMännernbzwgebärzwingendenHärtendie ‚2180‘er sorgten, daß Frauen überall nicht mehr als billige Gebärin geboren und Klonfüß oder Beinahklonfüß nicht für den Internebel irregepflückt wurden – vorherwarenWeltwirtschaftenabgestürztentfachtenEidgegenGebißortungimJahr,2082‘HaustiereverlassendreiMilliardmenschsterbengingwenigstensschnellschrieZeitkadavervonFleischfreßauskünstlichFolterfruchtPflanzesserinKuhzumTiermehlgezwungenwieder.

Sie erkannten, daß es sich auszahlte, für Tiere ins Gefängnis. Russisch Roulett mit 6 WaffenBlindmix aus Ruine Spinnennetz. Suizidkommandos den Tieren zuliebe tagten von früh. Geier hilft. Tagenger schaltet Suizidfratz ein: *Sättigen sich am Blut des Menschen. Im Sarg nicht, brauchst dich nicht als Asche. Nach Afrika, Dürregebot, schneidest dir die Adern auf, sie kommen, Schakale, Elephanten, die sonst verdurstet. Neuwerden den Tieren und zehn Gebiete dazu.*
Und willst du doch lieber noch nicht sterben: Mit den Mehrfüßen, schwanzwedelnder in den Wald hinausschwirrender Schnurrer!

‚2089'bis‚2093'niegekanntweltweiteStreiksvonFlügelpfotfreund-innenwegenunergroßPferchfraß(obwohlesinzwischenHungernichtmehrgabunddasGebißimmernochZähne).MännerschlossensichStreiksanobwohlTierundFraudieHauptgedemütigtenaufimmerGeschwächten.
Genprogramme gigampft. Leute wurden kitzlig und rücksichtsvoller. Nur noch geeignete ließen sich auf Nachwuchs ein. CO_2und-MethanhattenumStürmegewettetbisheutewehtglattrauherVorfahr.
Erst ‚2060' pflückte jefraud jemand wieder Äpfel statt sich danach zu bücken in Fäulnis. Halt.

Da die Trafik, die nicht online steht, Piniwe hat mir geraten, hierherzukommen, gestern hab ich mich anleuchten lassen. Fäden verdichten Fäden sich zum Haar der Immerlieben, die mir noch fehlt. Da steht sichs am besten: zwischen Tanne und wie? Lande. Kippe ich fast, Schreck-kurz, weil wird das Auto liebevoll poliert und sicherheitsmäßig kontrolliert vom Parkplatz. Pflege pausiert, ich steig aus. Lange steh ich vorm pilzartigen Haus: Die Fäden ziehn vorüber, versprudeln (Werbetrick, es gibt wohl Überraschungstrunk in der Trafik). Klopfen, die ältere Dame: Zeit, mich hereinzuholen. In der Trafik zeigt sie mir sanfte Papierbücher und Zeitschritten (die werden recht teuer sein, ich gönns mir zur akademischen Jetzttuichreife), an bestimmte alte Zeiten knüpfen, auch ins All verweisen: Bienenstock überm Felsabhang. Aha, wird Besseres gezeigt als Maske. (Häufig umgekehrt.) Ich nehme das Buch, weil nichts übel Verhülltes folgt. Bekannt der Partnerinwahl. Wär ich zu meiner ersten Freundin netter gewesen, und sie zu mir, könnten wir uns jetzt anstürzen.

Nach jahrelanger Arbeits- und Einsamrüstung finde ich heutigen Abend reif! Kauf ich das Buch, verzweifel ich nicht, sollt ich nicht werden zu zweit, hab ich Turm in Oststadt.
Die dörfliche Abgeschiedenheit der Trafik umarm ich, nun aber zeigt mir Wegweisarbeits-innen, daß ich einzubiegen habe.
Wohnstraße grüngelb-brötliches Schild mit spielenden Katzen, Pony und Menschkind. Nun stürzt mir wieder mein Geschichtestudium entgegen, paßt mir jetzt gar nicht. Blau-weiß-‚2000'-Wohnstraßen-Schild, kein Tier dargestellt. Die Katze Leutis nützlich, die schmalen Laufpfoten samt gespreizten Sprungpfoten wurden Autoreifen zum Vorbild, liebende Katzen heilen Todkranke und – kaum wurde ihnen kollektiv gedankt.

Wie geht's? Tagenger Tengerga, neuer Tierinspekteur. Mein letzter Auftrag heut. Schöner Hof hier, Ihre Nachbarn können auch brav alt werden. Sie kriegen wohl Besuch von Katzen?
Ich habe zwei Katzen, Pilli und Augdala, die werden von zwei Katern besucht. Kindheitsangelegenheit, wissen Sie.
Ja, Tagenger lacht.
Sie sehen abgearb aus.
Ach, Tagenger, erst dein sechzehnter Tag: Mir brüllt noch der Studier. Nächste Woche, Dienstag, werd ich offiziell angelobt, können Sie auch her, Kessel Kömmlinge, im DEMNÄCHST.

Bißchen weit. Aber, ich sollte einmal raus – obwohl: Ich hab hier viel, und auch meine Nachbarn. Die Tiere strahlen nicht nur übers Fell, Sie habens gesehn, und ich konnt über diese Wiesensonne meinen chronsiechen Husten ausbellen. – Wie wird die Person Inspekteur?
Geschichte, Tier mal Tier, Jus. Inspekteurspraktika. Ab meinen ersten Ferien kleine Routen gefahren, mit Nelkatsche, Kollegin. Im Praktikum II und III geflogen mit Ballon und Cockling.
Haben Sie heuer Glück mit Ihren Codes für die Ställe?
Ja, außer drei kleinen Strafgeldgefahren. Einer seinen Hund vorm Geschäft angebunden wie vor 200 Jahren, weil ers ‚eilig' hatte. Eine kritzelte, für ihren Papagei eine größere Voliere zu besorgen. Ein Frauchen hatt pro Stund fürn allerschönst aufblickenden Hund Wennstmeinst Gest weder noch Blick noch Wort noch warm Schweigen. Vor Straf versuch ich meist Gespräch. Ihnen, Sepp Oberab, möchte ich ein Geschenk von unserer Firma – *Tierkuß* überreichen.
Iaaah! Ein Gutschein für – Mensch! – Sterilisation! Mit dem ersparten Geld kann ich meinen Hof ausbauen! Meine Frau und ich habens Geld noch nicht beisamm, keine Krankkasversion, sondern Irreversibel Pur.
Ihr Hof schaut ein bisserl morsch aus, haben Sie geerbt?
Ja, Großarm, Eltern arbeiten im Netz, wir wollten unbedingt einen kleinen Hof, nur Halbbüro. Komm, zeig ich Ihnen was.
Tagenger macht stellvertretend einladenden Armschwung.
Der Sepp Oberab lacht, Tagenger ins Haus geführt.
Dort das Hackbrett von meinen 7Ur. Das Cello haben wir vom Markt, sind überhaupt auf Altes getrimmt. Wissen Sie, wieviele Leute hier nicht mehr oder nicht einmal vernetzt sind! Am Klaubeisen lebzeltelts, da grüßen Sie die Wollkämmerin, den Goldschmied, die Kaffehäuslerin, den Kramladenbesitzer, auch eigene Generationen ruhiger Abschottung – es können nicht alle an die große Welt

gepickt wern. Brauchts auch Pfefferküchelleut. Die meisten hier leben nur von den tagodermonddurchwachten Kräutergärtlein und der Landschaft am Wirtshaus.
Gut, sehr gut, warum nicht; ich möchte zwar nicht ohne wenigstens taunetz und videen, aber versteh es auch ohne. Wieso hat ‚Internet‘ nicht bunt und groß und stark vorm Menschen gewarnt? 7-Ur in den Zeiten, wo die Stürme auch in Europa regelmäßig Stärke 12 und so erschlagene Zahlen. Flora hat Paradieseingänge wieder, doch die 21 – 28 km/h bereits was, das nicht so oft sein wollte, wärs kein Menschhehurrikan, Hüte tragen verboten. – Stürme sind Schönheiten. Miamis und Marburgs Dächer flogen je nach rechts und links fort.
Das erholt sich nie mehr. ur5Ur starben, das Hackbrett soll gewaltig verpackt gewesen sein und aus dem Keller nicht mehr herausgefunden haben. – Nicht das einzige, das ich Sie ‚kontrollieren‘ lasse.
Tagenger kriegt gute Laune vom Oberab zu schaun. Orang-Utan umarmt 40jährige Menschfrau. Photo.
Eine Kuckucksuhr um die ‚Jahrtausendwende‘ hab ich gefunden, überm Kuckuck gekreuzt Gewehre, drunter links Elster, rechts Hase, beide gucken nach außen wie nach einer Watschen, Wohlklang, wenn tierfrau tierman den Hubmenscher jagt, der Kuckuck lockt ihn in den Wald, Schnabel ins Aug, ins Aug, blind kann Sockensohn deinen Ausgang o nicht mehr finden, seine Kilometer Schwein und Rind Flügel ins Maul beordert, finden sich verwest. Wer gernmenscht samt Strumpfgürtel Tier erstickt, wird hinausgewest ins weder strahlende noch finstre noch schattige Totenrevier.
Meine älteste Schwester holt meine obergute Laune wieder ab. Immer den Orang-Utan zum Mann. Auf Gartenurwald ist sie billig gekraxelt, dafür Tierärztin; Wildhegerin. – Weiß das Vollzeitstudium im nachhinein, wann die Gleichberechtigung zwischen Tier und Mensch erstmals im Gesetz stand?

Warten Sie, doch, Sie warten...
Was kichert da so? Der Oberab. Sein Wellensittich ists viel mehr, Gurliwupp guckt jetzt aus seim Waldgartl.
Ja, ‚2240', Inniwell Nußstädterin: Mensch überläßt den Tieren, voran den Schweinen Elephanten Katzen Eseln die Macht über das Wohl aller. Tiertier und Gemensch. – ‚2027'_ gabs ein Tierfrohministerium, nur zwei Nichtjahre lang abgedroschener, kaum was für die Tiere geltender Name. ‚2093' fortan Tierministerien –
‚2240' s'Tierparlament. Iah weiß viel.
Das will ich nicht leugnen. – Ist Ihre Hand gescheit!
Wissen Sie nicht, daß sich immer mehr Leute, hier jedenfalls, Katzenkratzer nachtätowieren lassen –

Der noble Wagen miaut. Tagenger flitz ich horch Tiem ... *dieser rumänischen Küste Gift ausgemenscht, zwar werden keine Seevögel und Fische mehr vom Sensationsfraß als Plastiksäcke in Müllcontainer oder beim sich selbst überlassenen Sterben aufgezeichnet, doch daß Gift nicht mehr erzeugt werden darf, hat eine Firma nicht eingehalten. Schlappe Tiere auf Krankenlagern ins Parlament gebracht und übersetzt.*
Und AllDTier wird ihren Antiwurm geschmacklich verbessern müssen. Die Beschwerden der Katze Hannelore Ijkl Hausan. Auch andere Tiere tappen mit Pfoten auf Aluminium: Selbst wenn im Essen versteckt werde, hinterlasse es derart grausliche Nachricht, daß einem Mensch ein paar Stunden alle Laune verginge. Die meisten Konkurrenzfirmen seien teurer, hätten aber Geschmack.

Tagenger wäre gerne gutgelaunt durch die Wälder. Aber, tröstet er sich, die Leute hier sind weiter als in Vorwink. Sie leben in gütig leib schönchen Häusern, die Netzzimmer von den alten Gärten und betierten Stuben mehr oder weniger abgeschirmt.

Und die Sonne ward Container und goß Hagel über die Tiere. Ob der verHegelte Gott lachte oder nicht – es wäre nicht gehört werden. Nur auf Herzschläge menschlicher Embryos ... Ich Tiere; eine Geliebte, den Garten und mich als neuen Tengerga. Nicht, daß mensch zum Menschen verkommt, Tiere aus-, einsetzt, aus, -tum, das mit sich nichts anfangen kann als krantike Fratzen zu schneiden und sich auf Kopf-volltern. Daß es nicht mehr zur weltweiten Volksabstimmung (‚2098') komme, ob sich Heit noch fortmenschen dürfe. Viele wählten Nein, massenhaft mehr Ja. Geschädels damaliger Zeit hätt ich gestimmt: Kein Zahnarzt werden beißen Leute in Schweine als wärs Spiel vom Fleißhackerben Rinderstumm bricht durchs Fenster fegt Tellertaler fort jeder Beruf wird zur Menschheit.

In Wink ließe sichs leben, die Leute freundlich, Autowerbungen bescheiden-eindimensiON, Formen schillernd absichtsvoll schwarzweiß heben sich die Wagen aus Photos, obwohl die schönsten Farben werden im Sonnlicht.

Gegen Anti-Abstandler-innen konnten sich Autofahrer-innen wehren kaum außer durch irrböse Backen, Deuten, Hupe Hupe!, Fernlicht, brüllt Tagenger. Im und am Wagen leuchtet Zunge: Wagen 2 gefahrsnah am Spoiler. Rückfenster schreibt mindest momentan SCHLECHTER AUTOFAHRER, nützt das nix, konkurriert Schleife mit Luft, der Drängler – hey, grinsender Straßenrowdy – vergrößert Abstand, verschwindet in nächster Kreuzung. Riesenarschmascherlworden hat gut gefärbt! Daß sowas nötig ist in Tierparlaments Zeiten!

Tagenger parkt vor KÜSS, kauft sich voll, kriegt die Zehen hier auch nicht hohl. Um die ‚Jahrtausendwende' beim Gemüse dunkelgrüne kurze Arbeitsmäntel mit Knopf jeweils in oberer Armgegend. Wurde ihnen zu heiß, konnten sie Ärmel nur hochkrempeln trotz schmutziger Hände. Oder sich hochkrempeln lassen, Zeit für Bussa Menscha wo bist denn bin zwar nur ein Mensch werde mich bemühen Dich nicht zu treten ... Das Krempeln Bewegung, jetzt stülpen die Grünärmel bei Überwärmung automatisch, es sei denn nicht bei Widerstand der Angestellten, die jetzt mehr aus Werbung als aus Aufräumung dienen.

Von allen Bäumen. Noch schöner, wenn Bäume schneien und es sonst auch schneit. Mit Dir, Liebste, will ich solchen Garten haben.

Zu Hause soll die kleine Handmaschine eisige bis kühle Pads schießen, um Augen klopfen, auf Stirn. Verwandle, Handmaschine, dich, Dich.

Du Oktobweißerschweb, einst Wallersee, gleich im Wetterschön, Holzstößezaun Birkenschutz, vorbei mit Dir zu Höherem. Hütte, in deren beträchtlichem Abstand ein Butterfaß. Als würden Sterne Schatten stehen, zu Haar sich versammeln, ähnlich dem Lichtspiel in gotischen Kathedralen und Tiervillen. Hautteile Mosaikschimmern. Deckkachellicht geometrisch. Zu schwer, diese Kleidmäntel. Ziehen Sie sich aus! Willst Du Sie mit mir drei Jahre lang schweigen? Und dann bis für immer noch bei mir? Wanneer in de buurt van de penis ... nur noch solche Leitfäden für schöne Spätzeit.

En glaphyreio spaelaio synkoiman.
(altgriech.: In der bauchigen Höhle beieinander liegen.)

Michael Kanofsky

bionischer text, raumgreifend

l
an
gs
am
gew
innt d
er text
körper
an raum
expandiert
wächst heran
reift buchstaben
zelle für buchstaben
zelle wort für wort satz
für satz dehnt sich der t
extkörper aus erobert das
weiße chlorfrei gebleichte
und holzfreie biotop organis
iert und strukturiert sich in zu
nehmendem maße besiedelt se
in biotop zunächst nur spärlich
breitet sich dann aber stetig und
mit immer höherer geschwindigk
eit aus der textkörper wächst also
mit der zeit und benötigt für seine w
eitere ausdehnung immer mehr platz
bildet zunächst einen verband aus bu
chstabenzellen dann eine kolonie aus w
orten der textkörper pflanzt sich auf dem
vor kurzem noch vollständig freien biotop
fort und wird bald die weiße fläche von exa
kt einundzwanzigkommazwei mal neunundz
wanzigkommasieben zentimetern mit einer gr
oßen ansammlung von buchstabenzellen bede
cken die soeben begonnen haben in sich s
elbst weiter zu wachsen der textkörper bean
sprucht also noch mehr raum für sich die an
haltende generierung von buchstabenzellen u
nd deren synthetisierung zu worten und sätzen
ist aufgabe des humanoiden texterzeugers er ist
es der den textkörper kreiert und langsam aber si
cher zu einer raumgreifenden bionischen textland
schaft heranwachsen lässt ziel des humanoiden ist
es dem textorganismus letztlich möglichst viel raum
zu geben so dass am ende eine in sich geschlossene mehr oder wen

iger komplexe in jedem fall den gesetzen von raumpla
ung und raumästhetik gehorchende textlandschaft ents
tanden ist soeben hat der stetig expandierende textkörpe
r sein erstes reifestadium erreicht und bedeckt nun die ers
te region seines weißen chlorfrei gebleichten holzfreien und
exakt einundzwanzigkommazwei mal neunundzwanzigkomma
sieben zentimeter großen biotops der textkörper hat um weiter
wachsen zu können schnell auf die zweite region des biotops üb
ergegriffen und sofort damit begonnen auch dieses ebenso groß
e und weiße chlorfrei gebleichte holzfreie biotop in besitz zu nehm
en und den zur verfügung stehenden raum zu erobern und mit kolo
nien aus worten zu besiedeln allem anschein nach vollzieht sich der
wachstumsprozeß des textorganismus nach plan er wächst und ged
eiht und bald wird auf dem gesamten biotop eine textlandschaft erblüh
en die beispielgebend sein soll für die erfolgreiche kolonisierung leere
n raumes durch bionische textsysteme die von humanoiden durch gez
ielte eingriffe in deren morphologie geschaffen werden unerlässlich fü
r einen erfolg und ein ungehindertes wachstum in geregelten bahnen i
st dass der humanoid nach bewährten raumplanerischen methoden vo
rgeht um den bionischen textkörper sicher in seinem biotop zu halten
und eine unkontrollierte ausbreitung des textkörpers und der aus ihm
entstehenden textlandschaft über sein weißes chlorfrei gebleichtes
und holzfreie exakt einundzwanzigkommazwei mal neunundzwanzigko
mmasieben zentimeter großen biotops hinaus zu verhindern solche un
kontrollierbaren mutationen sogenannte textamöben beginnen zunäch
st als eher harmlos scheinende wucherungen wachsen sich dann aber
sehr rasch zu schweren verwerfungen aus die schließlich zu irreversib
len erosionen innerhalb der textkolonie und am ende der gesamten tex
tlandschaft führen können was eine unwiederbringliche zerstörung
der textlandschaft zur folge hätte zur zeit aber verläuft der expansions
prozeß planmäßig die nächste prozeßstufe ist eine weitere vergrößeru
ng der einzelnen buchstabenzellen und damit der einzelnen worte und
wortkolonien der textkörper benötigt nun also noch mehr rau
m für sein ungehindertes wachstum bis zum erreichen der ide
alen textlandschaft der raumgreifende bionische text arbeitet
nun vollautomatisch alle parameter des expansionsprozesses
befinden sich im optimum textenzyme sorgen zudem für eine
n katalytischen effekt und auf diese weise für eine beschleunig
ung des ausdehnungsvorgangs der soeben auf die dritte zur

verfügung stehende region des biotops übergegriffen hat und
sich auch auf dieser ungehindert ausbreitet der textkörper
gewinnt nun sogar in der dritten dimension an raum denn aus
dem einst flachen zweidimensionalen biotop wird mit fortschre
itender besetzung des noch freien weißen raumes und der
neigung zur stapelbildung der einzelnen zweidimensionalen re
gionen des biotops eine dreidimensionale textlandschaft der h
umanoid muß nun acht geben dass die expansion der textland
schaft nicht außer kontrolle gerät denn schon häufiger ist es
gerade in dieser phase zu einer nicht vorgesehenen kettenbild
ungderbuchstabenzellengekommendiesekettenwerdenlängeru
ndlängerundtragendazubeidassdergenerierungsprozeßdertextl
andschafteineveränderungerfährtdienichtimsinnederraumästh
etikseinkann der humanoid muß also schnellstmöglich für ein
aufbrechen dieser zellketten sorgen und den prozeß wieder
neu starten die nun folgende prozeßoptimierung muß sich
jetzt vor allem auf qualitative und weniger auf quantitative
progressionskriterien konzentrieren zwar arbeitet der raumgrei
fende bionische text automatisch der humanoid kann jedoch
in den prozeß eingreifen und der im entstehen begriffenen te
xtlandschaft jene form geben die für eine optimale besiedlu
ng des raumes die richtige ist der humanoid kann beispie
lsweise durch den einsatz von wachstumshemmern bes
timmte teile des biotops so behandeln dass dort der b
ewuchs mit buchstabenzellen unmöglich gemacht w
ird der raumgreifende bionische textkörper ist du
rch diese maßnahme gezwungen definierte seg
mente des biotops vom wachstumsprozeß a
uszuschließen versucht aber im gegenzug
diesen plötzlich fehlenden raum durch e
ine weitere vergrößerung der buch
stabenzellen auszugleichen was
dazu führt dass sich nun weni
ger dafür aber größere buch
stabenzellen in kürzerer ze

it entwickeln und auf den
noch zur verfügung ste
henden bereichen des
biotops ausbreiten
können versetzt
der humanoid den
raumgreifenden bio
nischen textkörper n
un in schwingungen e
ntwickelt sich eine oszi
llierende textlandschaft
mit ihren typischen bergen
und tälern die dem raum
greifenden bionischen
textkörper immanente
kybernetik sorgt jetzt
dafür dass die schw
ingungen der einz
elnen buchstaben
zellen so gleichmä
ßig wie möglich abla
ufen um eine nahezu s
ymetrische strukturierun
g der textlandschaft zu ge
währleisten die sich inzwis
chen auf die vierte region de
s biotops ausgedehnt hat und
in kürze den sprung auf die f
ünfte region des weissen chl
orfrei gebleichten holzfreien b
iotops schaffen wird was mit si
cherheit die weitere vermehrung

von buchstabenzellen und damit
eine stetige vergrößerung der text
landschaft zur folge haben wird in d
ieser prozeßphase empfiehlt sich die
behutsame gabe von wachstumsförde
rern also enzymen die für eine weitere v
ergrößerung der buchstabenzellen so
rgen bei diesem vorgang ist ein behut
sames vorgehen gefordert denn nicht s
elten kommt es vor dass die dosierung d
er wachstumsfördernden substanzen fals
ch eingeschätzt wird und sich die buchsta
benzellen ungehemmt vergrößern was
zu einem sehr schnellen befall des ges
amten biotops mit buchstabenzellen un
d einer rasanten entwicklung der textland
schaft führen kann das bedeutet allerdin
gs nicht dass der prozeß der textgenerie
rung außer kontrolle geraten ist jedoch
wird der für die textlandschaft zur ver
fügung stehende raum immer kleiner
die buchstabenzellen wortkolonien
und satzsysteme benötigen immer
mehr platz da das weisse chlorfrei
gebleichte holzfreie exakt einundzw

anzigkommadrei mal neunundzwa
nzigkommasieben zentimeter gros
se biotop aber nur in begrenztem
umfang verfügbar ist muß der hum
anoid versuchen wachstumshe
mmend in den prozeß einzugre
ifen gelingt das nicht muß befü
rchtet werden dass der textkör
per immer schneller wächst un
d der ausbau der textlandschaf
t auf dem zur verfügun
g stehenden biotop in
kürze abgeschlossen s
ein wird dem humanoid
en bleibt dann nur noc
h die weiteren phasen a

b zu warten bis zu de
m moment in dem der r
aumgreifende bionisch
e textkörper das ende s
einer entwicklung
erreicht haben wir
d die inzwischen ri
esigen buchstaben
zellen haben weite
teile des biotops b
esetzt und eine tex

tlandschaft gebild
et die sich morpho
logisch wesentlich
von anderen textla
ndschaften unters
cheidet je knapper
der zur verfügu
ng stehende ra
um wird des

to komplexe
r wird die s
truktur der
textlandsc
haft die nu
n die letzte

region des
weissen bi
otops bese
tzt hat und
aufhört z
u wachse

Christina Lehner

Die Sterngucker

Es ist fürchterlich eng. Peristaltisches Würgen drängt mich vorwärts. Anakonda-Tauchen ohne Neoprenanzug mit angelegten Armen, etwas in der Art. Ich kann es nicht besser beschreiben. Ich hatte es mir jedenfalls anders vorgestellt: blitzartig, wirbelnde, gleißend-helle Spiralen um mich herum, eine empathische Explosion in ein anderes Bewusstsein oder so ähnlich. Statt dessen nur mühsames Vorwärtskommen und noch immer kein Licht. Ich muss unwillkürlich an die Geburt meines (unseres?) Kindes denken: Unglaublich viele grüne Leute: ein Arzt, ein zweiter Arzt, die Anästhesistin, eine Kinderärztin, die Hebamme, die zwei Pfleger, und noch eine Krankenschwester. Unser Baby: ein Sterngucker, wurde uns gesagt. Es hatte den Kopf in den Nacken gelegt. Die Stirn liege irgendwo am Bekken auf und es könne daher nicht weiter nach unten rutschen.
„Ein Sterngucker, wie du.“, meinte Klara. Sie lächelte nicht.
Ich half ihr in das OP-Hemd und in dicke, braune Antithrombose-Strümpfe. Mir fiel auf, wie fleischig und aufgeschwemmt ihre Oberschenkel waren. Ich schämte mich, denn sie war schließlich meine Frau.
Die Hebamme rasierte sie zwischen den Beinen und ich blickte weg. Der Arzt ließ sie einen Katzenbuckel machen und stach ihr mit einer Nadel in den Rücken. Ich hielt Klaras Hand, sie biss zu, aber nur kurz. Ein Zittern überrollte sie, unkontrolliert, die beiden Pfleger (sie hatten keine Brusttaschen mit Kugelschreiber) schnallten ihren Oberkörper mit Riemen am OP-Tisch fest. Verkabelten sie an CTG und Wehenzähler, der mir technisch-hämisch die Schmerzwellen ins Gesicht spuckte. Blasenkatheder, PDA-Kanüle, Infusion. Die Pfleger packten mechanisch je einen Knöchel und zwängten ihn in eine Schlinge. Klaras Schenkel gespreizt. Ich sah Klara an, sie wandte das Gesicht ab, ihre Stirn schweißverklebt. Ich fühlte mich schuldig. Die Hebamme setzte ihr einen Walkman auf und spannte ein Tuch vor ihr Gesicht.

Dann ging alles sehr schnell: Krankenschwester: Sauerstoffmaske: Arzt: Skalpell: Schnitt: Aufheben der Bauchdecke (ein riesiger roter Schlund): Zweiter Arzt: Mit aller Kraft von oben auf den Bauch (Rippen knacken? Nein, nur Einbildung): Erster Arzt: Ziehen mit beiden Händen: gelb verschmierter Kopf: Kind?
Der Arzt grinste breit (musste er keinen Mundschutz tragen?), hielt das blutige Sterngucker-Bündel in seinen Plastikhänden: blau pochende Nabelschnur, beide Beine hochgezogen. Ich konnte dazwischen den kleinen Hodensack sehen. Stolz. Doch ein Junge.
„Ein wunderhübsches Mädchen.", sagte die Hebamme und – nach einem flüchtigen Blick auf mein verwirrtes Gesicht: „Die Schamlippen sind angeschwollen."
Enttäuschung.
Da machte die Sterngückerin die Augen auf – milchig trüb – und schrie, einmal, laut. Und plötzlich konnte ich ihre Haut riechen, diesen vollen, unbeschreiblich schönen Duft von Weichheit, Vertrautheit, Leiden. Sophie war also eine Sterngückerin und ein Spuckkind. Sie würgte schwallartig Fruchtwasser aus den Lungen, Erbrechen der letzten Reste des Klara-Lebens. Sie war mein Kind. Sie sah meiner Mutter so ähnlich, dasselbe helle Haar, die blasse Haut. Sophie hatte geweint, als sie vom Kaiserschnitt erfuhr.
„Träume kommen aus dem Bauchhirn, nicht aus dem Kopfhirn." – und auf mein Zweifeln trotzig: „Das hab ich gelesen. Mamas Träume sind alle davongeflogen, als ihr Bauch offen war."
Ich habe ihr diese Vorstellung nie ausreden können, vielleicht habe ich es auch nie wirklich versucht.
Wieviele Sekunden liegen zwischen dem Wahrnehmen einer Gefahrensituation und dem Beginn der Bremsung?

Sophie war begabt, wissbegierig (objektive Einschätzung eines Vaters?), meist fragte sie mich im Auto, die verhaltenen, sanften Mo-

mente zu zweit, 7:30 Rosenstraße, Langer Graben, Gerlandweg, 7:45 Ganztagsvolksschule.
„Woraus besteht eigentlich Bremsflüssigkeit?"
(Wie kam sie nur auf Bremsflüssigkeit??)
„Irgendein Gemisch aus Wasser und chemischen Stoffen."
„Welchen chemischen Stoffen?"
„Ich weiß nicht genau, ist das wichtig?"
„Weiß nicht. Kann man das trinken?"
„Ich glaube nicht."
„Glaubst du oder weißt du?"
Der Blick in den Rückspiegel. Sophie: unschuldig, herablassend, lächelnd.
„Wir sind da."
Ich hielt vor der Schule. Hübscher Jugendstilbau mit fein geschwungenen Ornamenten. Privatschule. Man gönnt sich ja sonst nichts. Sophie hüpfte aus dem Auto. Kein klapperndes Geräusch von kleinen Absätzen. Gummisohlen. Flüchtiger Kuss, erst nach Aufforderung.
„Ich hör früher auf und wir gehen ins Kino, ok?"

Bestimmen wir unser Schicksal selbst? Sind es diese kleinen, scheinbar bedeutungslosen Entscheidungen, die uns durch das verminte Netz von Weggabelungen stolpern lassen?
Sophies stille Entfremdung. Das Kino: Ein Rettungsversuch. Bei Klara schon längst zu spät. Hatten uns auf einer Studentenparty kennengelernt. Eine Freundin von der Freundin meines Freundes. Dunkel, warm, zärtlich. Das Gegenteil von meiner Mutter. Wie banal aus jetziger Sicht. Der verwöhnte Junge, von seiner Mutter eiskalt zu Tode geliebt. Rächt sich.
Immer wenn ich in Klara eindrang, klammerte sie sich an mir fest und versuchte verzweifelt meine Augen zu finden. Aber ich hob den

Kopf und fixierte einen Punkt oberhalb ihres Scheitels. Ein Sterngucker. Weit weg. Tut mir leid, mein Engel, sie hatten nur mehr einen Platz im Shuttle frei. Aber du kannst mir ja nachwinken. Ich gab ihr keine Chance. Und dann kam Sophie. Sie war so klein, sie würde auf meinem Schoß sitzen können. Schau mal Sophie, da unten ist deine Mama. Mach Winkewinke.

„Bremsflüssigkeit besteht aus Polyalkülen-Glykolether.“, las Sophie mit monoton kindlich-ernster Stimme vor, einen kleinen, weißen Zettel in der Hand, im Auto, auf dem Weg zum Kino. „Die Flüssigkeit ist giftig und ätzend.“, fuhr sie ungerührt fort. „Sie hat die Aufgabe, den im Hauptbremszylinder (sie stockte nicht einmal) erzeugten Druck verlustfrei weiterzuleiten. Sie sollte alle ein bis drei Jahre ausgewechselt werden.“
Sie ließ den Zettel sinken und wirkte zufrieden.
„Welchen Film willst du dir anschauen?“, fragte ich.
Wir sahen uns Herkules an. Plastikschüssel mit Nachos, mittlere Portion, süßsaure Sauce (kein Popcorn? Verächtliches Kopfschütteln. Na dann nicht. Verständnis bei Verkäuferin heischend, würdigte mich keines Blickes, 39,90 bitte), samtrote, gepolsterte Sitze, riesige Leinwand, Dolby Surround: Herkules grölte von links hinten, während er vor uns eine antike Säule zertrümmerte. Gespannte Kinderaugen. Routinierte Mütteraugen. Sentimentale Väteraugen. Allerdings in der Minderheit.
Als die schwarzen Schicksalsfrauen in der Unterwelt Herkules' Geliebten den Lebensfaden durchschnitten, hielt ich Sophies Hand. Sie war so zart und weich, ich wollte sie nie mehr loslassen.

Die Länge des Anhaltewegs ergibt sich aus der Summe von Reaktions- und Bremsweg. Ich wusste es nicht, sie haben mich erst danach informiert. Überall Blaulicht. Viele Menschen: der Polizeioberin-

spektor, drei weitere Polizisten unbekannten Dienstgrads, ein Notarzt, zwei Krankenpfleger, ein Krankenfahrer, zwei Fotografen, ein Journalist, unzählige Schaulustige. Sophie lag auf der Straße. Auf dem Rücken, als ob sie schliefe. Übersät mit Scherben, in denen sich das Laternenlicht zerschnitt. Dunkelrotes Blut, aber nicht viel. Schwarzer Asphalt. Ein falscher Schritt und die Mine geht los. Zukunft zerfetzt, verstümmeltes Weiterleben.
Der Notarzt legte Sophie eine Halskrause um, setzte ihr eine Infusion (mein linker Arm zuckte), die beiden Krankenpfleger hievten sie ausdruckslos auf eine Bahre, ein dritter hielt die Infusionsflasche, weiter wie im Film: Bahre hinein, Wagentüren zu, Abfahrt. Sie ließen mich mit den Polizisten allein. Ich hatte nur eine kleine Schürfwunde (Airbag). Sophie war nicht angeschnallt gewesen, ich hatte nicht daran gedacht, Klara bestimmt.
Mit Unterstützung des höflich-informativen Polizeioberinspektors den Unfallhergang rekonstruiert: 18:30 Ecke Rautenstraße, Winklergasse, ungeregelte Kreuzung. Geschwindigkeit laut Bremsspuren mindestens 60 km/h. Fahrzeug von rechts kommend, Vollbremsung, Zusammenstoß. Sophie: in der Mitte auf der Rückbank, ihren Kopf zwischen die beiden Vordersitze gesteckt. Erzählte gerade aufgeregt davon, dass Kaulquappen sich gegenseitig auffressen und den Überlebenden Lungenflügel wachsen. Nass. Sie war geräuschlos an mir vorbei geflogen – staunende Kinderaugen, glänzend, die mein Entsetzen reflektierten. Die Windschutzscheibe: kleine Kügelchen als Sophies Kopf sie durchschlug. Sie schwebte wie eine Elfe durch die Luft, die Arme leicht gespreizt, sanft, leicht. Ein dumpfer, unterdrückter Laut, als Sophies kleiner Körper auf der Wagentür des anderen Fahrzeuges aufprallte. Die Fensterscheibe zerfiel erbost. Klirren, Schnitte. Dann ein unendliches Luftanhalten.

Dr. Karl B. hieß der Chefarzt der neurologischen Abteilung, in die sie Sophie nach drei Wochen Intensivstation brachten. Ein kleiner, untersetzter Herr mit gütigen Augen. Geduldig erklärte er mir, dass das Koma, in dem sich mein (unser?) Kind aufgrund eines schweren Schädel-Hirn-Traumas befindet, ein sogenannter unerweckbarer Zustand sei.

„Nach den Messergebnissen der Pupillen- und der muskulären Reaktion" – er versteckte sich hinter dem Krankenblatt wie Herkules hinter seinem Schild – „konnten keine gerichteten Reaktionen mehr festgestellt werden. Defizitär-vegetativer Zustand. Typische Symptome für ein apallisches Syndrom."

„Und was heißt das?", fragte ich (Sophie hätte milde gelächelt).

„Dass Ihre Tochter ein hoffnungsloser Fall ist.", antwortete Dr. Karl B. mit seinen gütigen Augen.

8.30 früh, Neurologische Station, Zimmer 305. Ich saß an Sophies Bett. Sophie: zerbrechlich, weiß, die Augen: offen, so weit weg. Der Mund: schluckt Plastikschläuche; der Oberkörper: überall Elektroden-Egel, gierig saugend; die Beine: hochgezogen, verkrampft, wie eingefroren („Das ist ganz normal für Komatöse. Machen Sie sich keine Sorgen.").

Ich rückte meinen Stuhl an den Bettrand und ergriff ihre Hand. Kalt. Das EEG malt nur den Horizont, der Ozean: glatt, keine Wellen. Herabgelassener Balken. Ich dachte wehmütig an die Schicksalsschwestern, ihre goldenen Scheren. Beherrsch dich. Eifriges Gesicht: „Sophie, verstehst du?" Warten. Keine Reaktion. Kein Fingerzukken. Nicht aufgeben. Tapferes Räuspern. „Sophie, hörst du mich?" Sanfter: „Tauch wieder auf." Inständig: „Bitte."

Ich merkte selbst, wie lächerlich es klang. Wie ein kleiner Junge, der seinen Drachen wiederhaben will, aufgespießt auf einem Ast, unerreichbar. Ihre weit geöffneten Augen. Sie starrten an mir vorbei. Auf einen Punkt oberhalb meines Scheitels. Ich war verzweifelt.

Gemäß den Sterbehilferichtlinien, Paragraph 3.1 für „irreversible Komatöse“ wurde die Beendigung der lebenserhaltenden Maßnahmen auf Sonntag, 14.00 festgelegt. Der Tag des Herrn, wie rücksichtsvoll. Klaras Knöchel waren weiß, als sie das Formular unterzeichnete. Um Jahre gealtert. Tränensäcke. Zuckende Mundwinkel. Ich unterschrieb nicht („Ihre Einwilligung ist völlig ausreichend, Frau G.“). Mir blieb nicht mehr viel Zeit. Ich musste noch viel nachlesen.

Diese Enge, dieses ekelerregende, würgende Vorwärtsquälen scheint kein Ende zu nehmen. Die Zeit erbricht ihre Sekunden, Minuten? So ungefähr. Und plötzlich: Öffnung. Erlösung. Überall trübes, weites Wasser. Endloser Raum. Lautlos-dröhnende Tiefe. Der Kortexozean, vegetativ, wunderschön. Ruhig, abwartend. Zufriedene Stille, manchmal gestört von verhaltenem Glucksen. Ich fühle mich schwerelos, Oszillationsbewegungen im Grenzland der Wahrnehmung. Verwischte Gestalten: Halbfertige Frösche mit Hinterbeinen und Flügeln. Sophies Welt.
Ich taste mich vorsichtig weiter, ausgestreckte Arme. Gedehntes Sein. Meine Hände wirken durchsichtig. Adern, die sich durch Hautgras schlängeln. Eine Herde Seepferdchen umringt mich. Schillernd. Groteske Formen.
Kaleidoskopartiger Reigen in einer Regenbogen-Arena. Plötzliches Auseinanderstoben. Aus dem trüben Wasser taucht die erste Berührung hervor, meine Nervenenden modellieren Lippen, die leichte Wölbung einer Stirn, kleine Nase, Augen, ein Gesicht fremd und vertraut, im gegenseitigen Tasten entdecken wir einander, wechselweise.
„Lass uns auftauchen, Sophie.“, sage ich.
„Ich fühle mich wohl hier.“
Worte wie zartes Klingen von Weingläsern (auf dein Wohl, nein auf

deins, trink endlich). Meine Gedanken? Ihre? Wir blicken beide nach oben. Bedrohliche Schatten wandern über eine dünne Eisdecke. Sophie wirkt bekümmert. Ihre Kontur beginnt zu zerfließen wie Milch aus einem Milchglas. (Hab ich dir nicht gesagt, du wirst es umstoßen! Geh in dein Zimmer! Ihre Erinnerungsfetzen? Verschmolzenes Unterbewusstsein).
„Klara wartet auf dich. Sophie, deine Mutter ist da oben."
Ich spüre es wieder, ihr zerbrechliches Gesicht zwischen meinen Händen. Erleichterung. Dieses unendlich kleine Gefühl vervielfacht sich, dehnt sich aus, durchdringt uns, treibt uns nach oben: bekannte Stimmen und weißes Licht, immer näher.

EPILOG

Auszug aus dem Obduktionsbericht, Dr. B., leitender Chefarzt, Neurologische Abteilung, vertraulich

Sachverhalt: Peter G., männlich, mittleren Alters, 186 cm groß, wurde im Behandlungszimmer 305 der neurologischen Station regungslos neben seiner Tochter Sophie G. aufgefunden, in liegender seitlicher Stellung, die Beine krampfartig angezogen. Geschätzter Todeszeitpunkt: 13.45

Innere Untersuchung:
Schädel:
Der Schädel war nicht gebrochen. Das Umschlagen der Kopfhaut machte Petechien (punktförmige Blutungen) auf der Unterseite der Kopfhaut sichtbar. Die Gehirnhaut und das Gehirn selbst (es wog 1305 Gramm) waren irreparabel zerstört, eine Sektion bestätigte

den Funktionsausfall des Palliums und Neokortex, der Großhirnrinde, des Zwischenhirns sowie deren Schaltzentren. Abgesehen davon gab es keine weiteren Anzeichen, die den Tod hätten verursachen können.

Toxologischer Befund:
Ein Drogenscreening auf Cannabinoide, Benzodiazepine und Opiate sowie die anschließende Dünnschichtchromatographie brachten folgendes Resultat: Anreicherung von Lysergsäurediaäthylamid (LSD) im Gehirn, Menge: 1,25 g, Überdosis, letale Folgen.

Äußere Untersuchung:
Abgesehen von einer leichten Abschürfung am Hinterkopf, Länge 1 cm, gab es an der Leiche keine Anzeichen von einer frischen Verletzung oder Gewalteinwirkung auf den Körper. Der Tote wies folgende äußere Symptome auf: Kopf in Nackenhaltung, stark erweiterte Pupillen, Stellung der Augen nach oben.

Ort, Datum, Unterschrift

Peter Pessl

NORMA
Arabeske

für Tilda Swinton

1

Wie schon in früheren Namen (detective), auf dem Rücken liegend, es sei keine der Hände, in die Hölle des Weiten. Die Weiten aber verschwand was er braucht, ich bin noch darin, derselbe, das ihre Wünsche sagen wird (schwarze), die Weiten auf dem Rücken „zu fliehende“, der schwarz war von der Abschiedsberührung der Sonne (des Halses), die Weiten bereiten, zu fliehende, zu verfolgende nur im äussersten Dunkel des Raumes, ich wechsle, die Weiten mit dem Gras, ich wechsle, die Weiten mit dem Primelfeld nur ein Haufen Tumult Habitat, also Boxen des Äusseren, Dosen des Innen-Substrats, das erscheint und vergeht.
Auf dem Linien-Rücken die kurze. Wie sehr Gerüche. „Risse. Papiere. Schmerz.“ Dass ich es weiss. Der Kranz: Eines nach dem anderen, ich werde darin sein, ich werde es wissen (verrat), ich werde nicht sprechen, es bleibt nichts. Die Boxen: Aus dem Zwingen des Möglichen aber brennt die Chimäre (chimäre „ein vogel“) und weicht. Weich aber der blutende Rücken, auf Verlangen, ich werde darin sein, ich werde ihn langsam bewegen, sodass er ansteigt in den Bemühungen, der Arm daran um Blumen Bonbons der das Subjekt (normal). Das brennende Subjekt auf sich selbst. Anonymen. Verlangen. Das brennende Subjekt des Hasen oder Huhns auf sich selbst.
Das Subjekt – Norma, Hände und Kopf einer balinesischen Frau mit gebeugten Beinen, die man nicht sieht, gibt es zwei, ich werde darin sein, aber später (brilliant), aber die nicht als Tötungs-Personen Markierten gehen vorüber und verschwinden. In geringem Abstand der Kanal. Ich komme zurück! Der Weiden-Kanal. Ich werde darin sein, gibt es zwei. Ich habe sie gesehen zwischen den weissen Kanälen mit der Wolke, Decken, Ruten, von dieser Seite überrascht werden. Wenn man es ist. Wenn man es nicht ist weiss man. Ein Schema Abend Bewusstlosigkeit Hilfe Voran. Hinter dem gebeugten Rücken

aufgeht und kälter wird für den Dekor. Regnet es. Störe ich sie? Andere Himmel. Verlässt die Lehne. Dann geschlossen. Die lange die kurze. Luftzug den kurz oder weit geworfenen Ball, dessen bunte Felder, das Leder, der erfrischte Arm daran und sechsten Blumen die zweifach geschlossen sind für den eigenen Körper. Herrin und Dienerin. Der Arm variiert. Die sie ihnen beilegen. Detective.

Was mit ihnen in Berührung kam, (suspense) auf den Armen, wenn sie in die Gras-Richtung geht, ich wechsle, nahe den Primelfeldern im Dunkel: nur irgendein Raum (Klammern, Osten, Akrobatien) der existentialistische also gleichgültige vegetabile, „es gibt Stunden", ein wenig rückwärts, nahe daran, Arme Araber Klammern. Akrobatien. Beinahe da. Der schwarzen. Akrobatien beweisen die Anwesenheit der schwarzen, in der Schwebe, der Ellbogen gebleicht und bemalt, die bereiten Finger zum Palm-Kopf.
Was mit ihnen in Berührung kam also Camus (Araber, Kapitelüberschrift „Hitze") glitt an den Armen vom Denken vorbei die vorangehen und zielen, vorangreifen strukturelle Schwebe (Faust), die Faust die die Lehne verlässt, ins Dunkel fällt und sich löst, oder die Kette mischt und berührt sich selbst, stillsteht und verschwindet. Für den eigenen Körper. Wie lange. In the zone. Das Plus. Wenn man es ist. An den schwarzen Armen gemessen, von leuchtenden Wegen, ein wenig rückwärts, der Ellbogen nach Süden, der Busch-Baum, ein wenig rückwärts von Schreien, der zielenden Sonne, ihr Pavillion, von schwarzen Armen gemessen, der dicht oder weit, zu tragen oder einzuhüllen. Die Blumen aber sind etwas anderes.
Während ihres traumlosen Schlafes blieb sie wach, die herabfiel von der grauen Wölbung des Rückens (während sie schliefen also vorangingen) auf den vorhergehenden zu folgen, der dritte Zustand,

weiter, die Anforderungen, dies ist eine Linien-Welt ohne Personen erstickender Handhaltung Schubert, aber es ist keine kleine Stimme, es ist keine Stimme voran, Vorbei, sie löst das Persönliche aus der Haltung der verschränkten Arme im Schlaf, die pendeln, gedeckte, sie, in einem Winkel des Feldes, traumlos, andere Hände erschöpften, sie sang beim Kommen, wie die bewölkten Tage aussieht und zusammenzieht. War ich nicht gekommen. Die Balinesin. „Norma". Das Bild zu kontrollieren ist sehr schwer.

Dieser Wasser-Zusammenhang macht etwas aus das gelingt, die Beine gebeugt der Nacht schauen, dass Zitronen, wenn sie wieder geöffnet, im Vergleich mit den Beinen zum Fliehen, ebenso grau, das Haar berührt die Knie es folgt die Schlafende einer Logik (brilliant), die zum Teil aufgeschlagen sind: „ihr Pavillion und der sitzende Körper der Frau das Schubert." Aber diesen Wechsler-Traum muss man schaffen! Das Out. Nach dem Fokus müssen die Hände greifen die pendeln „in traumloser Nacht", die vorangeht und stillsteht (Schubert), die beiseitefällt (aussieht). Wo ich war mit den Schreien und Vorstellungskraft.
Oberhalb der Träumerin die schwarzen Arme, die sich lösen zum Bild. „Zitronen. Fortsetzung. Mungo." Aus anderen Himmeln. Ob sie sie sehen kann. Die Abschieds-Bewegung der Sonne: „Bild Aber diesen." Aber die Arme vermögen es nicht, aber die weiche Reduktion vermag es nicht, bis zu den Scheitelpunkten, ein anderes Lied „ich wechsle", es versagt, aber wir bleiben in den Armen (die Früchte), nichts weiter, nicht mehr weiter voran, die Markierung, wenige Flossen, aber sie vermag es nicht wird Bild sein, blutendes Bild an der Sturz-Front, bei den Wannen ohne zu singen, an der Seite des Negativs, Bild sein mit Schweigen, der Stille und Fuss, Ritornelle, Gequälte, der Weg der Objekte das sie charakterisiert,

obwohl sie geliebt sind, es sind Wege ohne Objekte. Drop out. Achsial. In den Armen einer Ekliptik. Die Bewegung und Fuss der gequälten Bilder ist achsial.
Was diese Personen unterscheidet (verrat), sie sind doppelt. Rücken und Arme. Wie ich lebte. Pole und Brot. Mich zurückzog. Dann die Achse. Im Verzicht und im Missbrauch. Die Achse als die Auflösung, Fortsetzung, Wechsel, immer von oben gesehen, aus der Rotunde (rotunde), gebeugte flammenfarbene Beine, die Balinesin weicht langsam entlang der Arme zurück, sie stolpert, ohne zu singen wer weiss, wenn man es ist, wenn man es nicht ist weiss man, wer kommt, wer geht, voran, ein wenig rückwärts, in Dunkel der Weite, die Hasen, von nirgendwoher, ich spreche vom Gesicht, das träumt, (dass Zitronen), diese Anspielungen ich verbarg ihn, es beleuchtet zu lassen bis zuletzt, bis spät, sehr aber glich ich ihr, drang sie zu mir physische Unsicherheiten „Hyazinthe Kreide Gomulka", sie sang in Stunden (dass die Farbe) und gelangte zu mir mit mir zu sprechen sie brachte sie mir (eines Auges).

Ich war weit gekommen (Detective), *ich sagte:*
„Sie leben also von den Proportionen."
Sie sagte:
„Vor meiner und vor ihrer."
Ich sagte:
„In meinem Munde."
Darauf sagte sie:
„Wenn ich wollte, die Lichter, andere Himmel, das wusste ich. Als ich alle Augenblicke kam."
Ich sagte:
„Es war eine Frau bei ihr. Strenge. Hut. Ich meinte, die Schreie waren lauter."

Sie antwortete:
„Lauter als eine Frau die vergisst?"

Wenn man es spielen nennen kann (den Sternen dass sie fein ist und frei und Schreien Voran), wenn ich es weiss. „Die Kanäle. Das Fallreep. Die Schreie." Alle zeigen. Zweimal gehen die Giraffen vorbei aber ich konnte sie nicht finden in dem Zeitpunkt (ich hörte nichts war sie weich), die linke Hand löste sich vom Gürtel (der schwarzen) und Balinesin des Armes, sie riss ab, ich begann zu spielen (sein Schnee) ob es nicht möglich wäre (nur Lärm) ob es nicht möglich wäre (Lärm und Zuckergebäck freeze und Baby), es ist unmöglich, vor meiner, vor ihrer, die Küche zu durchqueren in der Unbestimmtheit mit den Händen den Armen daran die zielen (in der Hand zu begleiten). Die Unbestimmtheit ist unmöglich.Wir fielen zurück in der Küche (zusammenriss funkte), wir fielen nieder, versprach wissen Sie, ganz um zu schlafen, in der Hand zu begleiten als schlafender Hund und Hündin mit Sack und Lampe und Spiegel den kürzesten Weg, ich bin nie jemand gewesen („sicher sicher"), wenn ich war, wie ich später wusste (Die Küche Kometen Gas und das Beste).
Wir haben Gas. Spitze und Gas. Gas und Dollars. Beine in einem besonderen Augenblick. Der gelingt. Petroleum. „Nein", sagte sie. Vertraute Dinge in einem alten Haus. „Ja", sagte sie. Zu einem Wasser hinabführen die Lichter der Küche. Die Kompressen. Das Gebirge im Refrigerator. Der schwarzen. Die zurückführt, vertraute Dinge, nacheinander, zu einem schlanken Wasser (zu jener Zeit Porösen) führt sie hinab. Das war grossartig, ausser mir.
Wenn es spielen der regungslosen und dahinfliessenden (bohrenden) Wassers in den weissen Kanälen als Gras Vorbei, so leise drang sie zu mir. Es gibt keinen Anfang (Weiden), so sehr glich ich ihr als

ihre Stimme versank verband an den Armen den Pilzen. Dass Zitronen oder wenige Worte. „Dass was.“ „Dass nichts.“ Dann zog mich zurück. Ich habe nichts gesagt. Die Fortsetzung. „Dass Giraffen.“ Ich weiss es nicht mehr mit den Händen, ihr Muff, die Absätze „Mao“ Permafrost „Uzzi“ an jenem Abend An, sie war eine Form ein Abend von Dingen habe ich immer gesprochen (nassen Parabeln) und werde es immer tun. Nasse Parabeln sind nötig. „Norma“ macht mich grausam ich glaube nicht, die Blumen aber sind etwas anderes.

Es ist der neunte oder zehnte, Verbannung Schema Hilfe Wenige davor floss der weisse Kanal, ich hatte mich, der schwarzen, vorbei, den Wandschirm, und die dunkleren Ränder wölbten sich in der Abschiedsbewegung der Sonne. Des Halses. Das war.
Sie sagte:
„Es war mild, die beiden Träume. Wenn dies, dann das. Schuss. Ende.“
Ich antwortete:
„Dann schnell in den Händen!“
Sie sagte:
„Dass was, dass nichts, dass die Zitronen, dass die Orangen, zu leben wie ich lebte, zu hören wie ich hörte.“
Darauf antwortete ich:
„Der Muff mit den Kopf An Abend, weinte, so hatte ich gesehen.
Darauf sie:
„Wie das alles vereinfachen würde (vom Wasser)!“

2

Was soll mich beunruhigen.

„Denn Wer." „Selbst." „Meiner." Aber es war nicht möglich in den Wäldern zu bleiben bei den Nachforschungen, in den gewohnten Wäldern (bewegt ein Reptil), bei ihrem Bein Von den Malereien, dem Vorfall der Blut lässt, jener der kommt und geht, obgleich ich diesen Vorfall nicht verfehlte. „War dieser Wilson. Und woher kam er. Wen tötete er zuerst."

Die Imperative. „Zuerst." „Wen." Ich hoffte darauf die Wälder zu verlassen und zittern. Sie wollten nicht. Was weiter die Strassen. Ich habe leicht gezeichnet. Es war die Gewohnheit. Die Hydraulik-Stimmen. Ich glaubte daran. Beide gingen voran, ein Bein vor das andere (während ihr schwarzes), ich sagte: „Als Annehmlichkeiten des späten Abends und seines fliehenden Lichts in den roten Gebüschen", aber sie widersprach, es seien Imperative ins einzelne gehend, Erleichterungen, fugitive kleine Pflanz- Formen, geschlagenen Tags; ich weiss nicht wie es geschah. Es ist das letzte Mal. Es schuppte. „Hyazinthen." Es musste Winter. Von seinem Blau. Was wir ablösten aus der Wölbung des Himmels von seinem Blau wären „Verödungen. Doppel-Röhricht. Teichscheibe." Sie verfolgten uns. Ich spielte. Das ist der Treiber.

Ich sagte: „Warum sind wir gekommen? Ich fürchtete jedes Geschehen. All den Stimmen zu folgen. Sie sagten:

„Rebenfeld." „Wilson." „Das ist herrlich."

Du gehst zu nahe an die Beine des Geschehens heran. Willst Du uns umbringen?"

Sie sagte: „Ich ging über die Weide, „gestützt", auszuruhen.

„Vert – Vert." Sooft ich anhielt. „Bellte."

War dieser Wilson Von Wäldern. Meine Wangen darauf.

Und woher kam er. Wen tötete er mit dem Kamm?"

War ich allein.
„Fein Eisiges." Aber ich sah sie nicht schwimmen, wie ich es erwartete, ich wollte sie schwimmen sehen des Halsbandes Boxes, ich sah die zuckende Ebene, ihr gelöstes Bein, das schwarz war von meinem Auge. Und trotzdem hatte ich mich verändert. Ich erhob mich vom Sofa. Ein Auge. „Blumenduft." Parma. Wie fühlte ich mich. Dazu ihr Fuchs- Haar. Aber ich sah sie nicht wieder herauskommen auf der Höhe des Bauches, ich lag während ich sprach, des erwähnten Briefes, vorbei, ich sah sie nicht wieder hervorkommen und schlief ein, beinahe wie gewöhnlich. Ich erwachte mit dem Bein. Es war nicht nackt. Aber schwarz. „Mit Erleichterung." Vom Proszenium her gesprochen. Ich erwachte mit der Taube. Es war heller wem ich hier spräche. Die Antworten entsprachen den Fragen. Es brach ab. Das Sofa verblasste. Die Füchse. Dieser Abschnitt verlief sodann abfallend, zu Boden ziehend, schlingend. Ohne jeden Vorfall. Des dritten Tages. „Dass die einzelnen Teile des Bildes und sogar Wolken vom Himmel abfielen während ich das Gebüsch verliess. Mit den Hydraulik-Kirschen. Als Taube. Wie ging das zu."

Ich sagte: „Ich fürchte alles Geschehen.
Ich vergehe nicht anders, werde ich verkommen. Ich fürchte alles kommende Geschehen."
Sie antwortete: „Ich fürchte es nicht als solches ich werde verkommen, aber die Fragen, meine Wangen darauf, ein kleines Kissen, das sich rot färbt, wenn ich warte, aber ich sah es nicht wiederkommen. Wenn ich ihn fragte. Mit einem Schwung. Ich gab ihm Morphium. Mittags. Ich fühle die Mühe."

Ich stand nicht auf.

Aus den Schornsteinen. Ich trat hinaus zu den Füchsen. Als Taube. Mit Schirm. Und Nelken. Du kennst das Sofa, darauf Brei, Hyazinthen. Doch wenn ich es auch gewohnt war zu ihr zu sprechen (Nacht zu Fuss), ich blieb traumlos. „regal." Sie blieb rot und fest. Das Gleiche mit Schleife: Doch wenn ich es auch gewohnt war in den Wäldern zu ihr zu sprechen Hand zu Fuss von der Verzögerung, meine Wangen darauf, dem Wiederaufbruch in die Gebüsche fliehenden Lichts, so war es doch ihr Bein das ich liebte. Wir lebten von Prärie-Blumen. Ausrufen wie: „Zinnemann!" Wiederholungen. „Güsse", sagte sie, „wir zählten die Tage nicht und die Nächte daran. Wir streckten uns aus. Längs der Wälder. Dann die Faustschläge", sagte sie. „Das ist ein Ausschnitt." Das tat ich auch. Mein Mantel Des dritten Tages. Geheul. Ich glaube nicht dass sie mich hörte. War dieser Wilson. Und woher kam er. Aus Schleifen. Aus Schritten. Wen tötete er zuerst. Ich flehte sie an: „Mein Morphin!"

Ich sagte: „Daraufhin schrieben wir dem Hydraulik-Menschen, wie er uns kam, Fähigkeiten zu. Bausinn. Diderot. Ernährung. Zumeist Induktion possibilia.
Ich erhob die Hand. So der Wald- Hund. Ich muss zugeben. Alles zugeben mit dem Halsband. Es war zu dunkel."
Sie sagte: „Ich ging in die Küche, nahe daran. Meine Bienen. All die Stimmen folgten mir weiter. Es lag im Finstern. Wälder Weder Halses. Das Meiste verschwindet um etwas zu sehen."
Nur etwas. „Hyazinthen." Nichts.
„Cinema, theorie, lectures."

Warum schrie ich.
Als ich sie unterbrach wollte sie aufstehen, weiter führt es nicht. (Ich schrieb die Briefe an Mehrheiten. Protagonisten.) Ich unterbrach sie

in drei Teile. „Beine." „Kopf." „Brüste und Herz." Das Zusammensein in den Gebüschen fliehenden Lichts illustriert meine Zunge. Ich spreche vom Aussenraum. Beruhigen Sie sich. Schreien Sie mit mir. Vulkaniseure. Näheste Streichhölzer. Als ich sie nach langem Zögern unterbrach sie bat darum zu schweigen. „Das lieber ist." Sie sprach weiter. Es geschah als ich sie ohne Rücksicht auf das Verschwinden gewisser Räume gesicherter Palm-Aussenräume unterbrach. „Palmyra." Dieser Aussenraum aber dauerte an: „Wilson bat ich. Aber den nächsten der vorbeikam (vorankam) in den Gebüschen. In den Wäldern blätterte er. Verletzt sich. Zu fliehendes Licht und Gesichter. Zu folgende. Es geschah als ich sie ohne Rücksicht auf das Verschwinden unterbrach"

Gabriele Petricek

Zimmerflucht

Um halb zehn war der braunglitzrige, vom Personal frühmorgens sorgfältig gerechte Sand mit bloßen Füßen nicht mehr betretbar gewesen. Beinahe gleichzeitig hatten die Strandmenschen, die wenigen mit Teppichen ausgelegten Wege aus Lattenstegen benutzt, um den Gang in ihre klimatisierten Hotelzimmer und Suiten anzutreten. Der Bursche hatte ihnen nachgesehen, unschlüssig, und war nach einer langen Ausschau aufs Meer hin geblieben und hält seither aus. Baut an einer Burg aus Sand. Harald Sterk lehnt im offenen Fenster seines Erkerzimmers, vom Vorhang verborgen, beobachtet ihn mit jenem 8x22 Zeiss-Glas, das er benutzt, um Fassaden, Kuppeln und Decken von barocken Bauwerken abzusuchen. Der Bursche ist hellhäutig. Sein Körperbau erinnert Sterk an den steinschleudernden David von Lorenzo Bernini. Sterk legt seinen Fernglasblick auf das weiche Profil des Burschen. Der Bursche ist zu alt, um Sandburgen zu bauen, hat Bartwuchs, steht ruhig, strandabgewendet, eine leere Gießkanne in der linken Hand.

***

Das Meer ist nicht taub. Alfred Sorge läßt die Sichtstange ausfahren. Altes Gerät. Schrott das ganze Vehikel. Unsichere Sache. Ständig Reparaturen. Dieser Staat kümmert sich um nichts mehr. Traktoren verrosten. Keine Bauern mehr, keine Matrosen. Sorge forscht in seinem über den Wasserspiegel greifenden Blick. Stöbert, stochert in diesem Stück Strand. Kriegt das Objekt scharf. Das große Hotel. Fokussiert eine Person, die sich allein am Strand aufhält. Der Bursche hat eine rote Badehose an. Wiederholt schleppt er kannenvoll Meerwasser, näßt einen Sandbau. Sorge überlegt nicht einmal, ob dieser schmächtige junge Mann sein Ziel sein könnte, der da ist ja noch ein Kind. Sorge steckt sich die hinter sein linkes Ohr geklemmte Zigarette in den Mund und zündet sie nicht an. Rauchen ist natürlich verboten in der engen Tonne. Platz haben. Weite. Wie damals, als er in der endlosen Ebene mitten auf dem Feld in der Hängematte baumelte, die er zwischen die beiden Kirschbäume gespannt hatte. Im Sommer fielen ihm die reifen Kirschen in den Mund. Die Bewegung der Hängematte rüttelte sie aus den Ästen und wieviele es waren, wenn ein Wind aufkam und über die Ebene strauchelte und den Weizen zum Klingen brachte. Ganze Tage lang hörte er diesem Gesang zu. Und fragte sich, warum die Winde immer nur aus einer Himmelsrichtung wehen. Die beiden Kirschbäume, zwischen denen sein Leben hing, waren die höchsten Erhebungen. Nichts sonst bis zum Horizont war höher als das Getreide. Ein blondes Meer. Über dem er schaukelte. Sorge steckt die Zigarette hinters Ohr. Er tastet den Strand ab. Der Bursche liegt am Bauch und gräbt ein Loch. Und steckt den Kopf hinein bis zu den Schultern.

***

Sterk hat Hunger. Über das Zimmertelefon bestellt er eine doppelte Portion Beluga und einen durchgeschnittenen, nackten Hamburger und Weizenbier, ohne das Fernglas abzusetzen. Dann öffnet er dem Kellner, verlangt, den Teewagen neben das Erkerfenster zu schieben und stülpt seinen Blick in das Fernglas. Findet den Burschen am Strand nicht. Wird nervös. Befiehlt dem Kellner, die Belugaschälchen zwischen die Hamburgerhälften zu stürzen und das Bier einzuschenken. Schreibt flüchtig Sterk auf die Rechnung. Er findet den Burschen nicht. Die Sandburg ist unfertig. Der Bursche ist irgendwo.

***

Die tranige Glätte des Meeres an solchen Tagen findet Sorge widerwärtig. Es ist eine Stimmung, in die stets unvermutet etwas eindringt, weil alle – faul, dösig und fickrig geworden – meinen, es wäre ein Dienst wie geschmiert. Außerdem läßt das glattgestrichene Meer die Fische zudringlich glotzen. Selbstzufrieden. Als gäbe es nur ihr Universum. Wasser. Und darüber nichts. Wasser, Wasser, Wasser. In dem bloß Fische sich frei bewegen können. Björk unter der durchsichtigen Eisdecke war so schön gewesen, entrückt, das lange Haar grünlich ausgebreitet, Algen, der Blick noch lebensfest. Mit offenem Mund, ein Erstaunen. Er stand da und mußte Björk ansehen. Das Eis unter ihm gab nach. So blieb sie dort. Mitten im See. Es wurde jeden Tag kälter. Das Eis dicker und das Loch fror zu. Sorge ging jeden Tag hin. Als es schneite, schaufelte er dort die Eisdecke frei. Irgendwann, nach Monaten, war sie verschwunden und Sorge bildete sich ein, sie sei eingetaucht in Tiefen, in eine andere Dimension, in der sie weiterleben könne. Als er sie das letztemal sah, hatte sie die Arme ausgebreitet. Da war die Eisdecke delikat dünn gewesen. Sorge weiß, daß er sie immer noch sucht. Im Meer. Wiewohl sie nun keinesfalls mehr leben könne, soviel älter wie sie war. Weiß Väterchen Frost, was dieser Japaner wirklich will. Jedenfalls, die Gage, die er aussetzt, ist keine Kleinigkeit. Lohnte sich, das U-Boot zu stehlen. Geht keinem ab. Schrottkiste. Und die paar Mann sind bloß der natürliche Abgang, den sie sonst auch immer hatten. Das ist nur den Angehörigen nicht egal. Komischer Auftrag für ein U-Boot. Wenigstens war das Suchfeld nicht allzugroß. Sorge steckt die Zigarette wieder in den Mund – verdammt, wer soll ihm verbieten, sie zu rauchen! – und zündet sie an. Dreht am Zoom. Unscharf, körnig. Plötzlich steht der Bursche im Bild. Der schaut aufs Meer, als könne er hinter den Horizont sehen. Immerhin, die Sandburg – eigentlich, der Japaner meinte doch, dieser uralte Freak, der vorgibt, vor mehr als vierzig Jahren gestorben zu sein, vertreibe sich nun die Zeit mit

Sandburgenbauen, und, wenn die wissenschaftliche These des Japaners stimme, dann müsse der Bursche jetzt ungefähr siebzehn sein. Sorge beobachtet, wie er einen Gegenstand aufhebt, etwas dünnes, längliches, und ihn quer an sein rechtes Auge führt.

***

Wohlgefällig studiert Sterk die Figur des Burschen. Die Sandburg ist das Besondere, sagt er halblaut ins leere Zimmer und kippt den Bierrest hinunter. Die Art, wie der Bursche sie baut. Seit Tagen baut. Von innen heraus. Kalkuliert die Raumwirkung von innen her, die Fassade des Bauwerks entsteht durch die Ausbuchtungen der Räume. Und die Lichtführung. Sterk versucht zu erkennen, was das für ein Gegenstand ist, mit dem der Bursche in den Himmel schaut. Erinnert ihn an eine Querflöte. Die Tektonik der Sandburg hat etwas Kristallines. Sterk denkt an die Konfiguration von Schneesternen. Er rülpst, verzieht dabei das Fernglas. Und sofort ist wieder alles ins Blickfeld gebracht: das Bild des Burschen verändert: der schöne Körper bebt. Krümmt sich – nein, nein: er lacht. Sterk ist erleichtert. Wie der lacht. Und hüpft. Sterk hüpft einmal hoch und lacht auch. Die runden Brillengläser des Burschen blitzen auf. Sterk hat in aller früh seinen Kopf in eine meerseitige Öffnung der Sandburg gesteckt: es war gewaltig: Streben, Säulen, Gewölbe – dicht an dicht, tadellose Statik. Dennoch hell drinnen. Geometrische Gefüge, die wirken, als seien sie in Bewegung, fließend. Animierte Zimmer. Das Herz eines Architekturhistorikers wie Sterk hängt am Aufbrechen der Perspektive ins Barock. Wie da alles in Bewegung gerät: im Barock definiert der Körper den Raum, ist selber Raum und Fassaden und Innenräume sehen bewegt aus. Geraten in Verschub. Dehnung, Krümmung, Dynamik. Auflösung. Sterk ahnt mehr, als er versteht: dieses Gebäude aus Sand vereint alles, was möglich ist.

Und alles, was nicht möglich ist. Sterk fühlt sich wie betrunken. Da ist es einem gelungen, alle Welten des Denkens und das unendlich Ungedachte an einem Sandstrand abzubilden. Sterk stiert den Burschen ab. Sein Herz stiert nach seinem Geist und nach seinem Körper. Der Bursche kratzt sich am Kopf. Und steckt das bleistiftdünne Instrument mit der rechten Hand hinter sein linkes Ohr. Elegantes Gerät, sagt Sterk halblaut, muß ein Präzisionsinstrument sein. Das aristotelische Fernrohr, sagt er und lacht über seine Gedankenverknüpfung mit der Theorie der Barockmetapher. Ja, der Bursche hat etwas poetisches. Geschliffenes, wie überzeugende Rhetorik. Sterk sieht den Burschen von seinem Bauwerk zurücktreten. Ein Maurer, der ein paar Ziegel übereinandergeschichtet und vermörtelt hat, würde sich nicht anders verhalten, denkt Sterk. Der Bursche setzt sich in den Lehnstuhl unter dem aufgespannten Sonnenschirm.

***

Dauernd redete der Japaner von irgendeiner Feldarbeit, denkt Sorge. Nein, es war etwas ähnliches. Sorge kratzt seinen Bart und denkt nach. Vereinheitlichende Feldarbeit, sagt er dann vor sich hin, überzeugt, daß es in dem Auftragsgespräch mit dem Japaner genau um diesen Ausdruck gegangen war. Muß so was wie Monokultur sein. Da sind die in der Kolchoswirtschaft gewaltig eingefahren damit. Aber was weiß ein Japaner davon und was hat das mit dem Burschen dort am Strand zu tun, der Sandburgen baut? Der Japaner hat erzählt, der wäre jetzt weiter als alle anderen und wenn man seiner habhaft würde, würde er ihn zwingen, mit seiner Erkenntnis herauszurücken. Erkenntnis. Über Feldarbeit! Dieses zarte Bürschchen. Sitzt im Lehnstuhl, beschäftigt mit einem silbrigen Dirigentenstab. Als Student habe er eine Elektronenschleuder selbst gebaut, sägte der Japaner. Betatron nannte er das. Genau. Das war der Ausdruck. Und dieser Bursche, sagte der Japaner, habe sich, seit er seinen Tod behaupten ließ, weit in sein Lebenszeitkontingent zurückbewegt. Sorge steckt sich eine neue Zigarette an. Das Streichholz verlischt heftig flackernd. Verdammt, schreit er, hier zieht es schon wieder. Wieder nicht aufgepasst. Die Schrottkiste wird sich überhitzen und explodieren. Die Zigarette beruhigt Sorge. Und ihm fällt ein, was der Japaner noch sagte. Und wiederholt es: Es war ganz naheliegend – er hat den Zeitstrom mit einem Parallelluniversum begattet. Das hat der Japaner gesagt: begattet. Sorge bläst den Rauch aus. Damit habe er die Feldarbeit schließlich vereinheitlicht. Und die bisherige Vorstellung der Kosmologie sei ein Schrotthaufen. Sorge ist völlig konzentriert auf die Erinnerung an die Konspiration mit dem Japaner. Das Bild auf dem Schirm verzerrt sich. Schneesturmartig. Stabilisiert sich. Sorge sieht noch die weit ausholende Armbewegung, mit der der Bursche etwas ins Meer geworfen hat. Und Sorge ist sicher: Schritt zwei und drei des Unternehmens, Kontakt und Einnahme, haben in Kraft zu treten.

***

Nun sieht die Sandburg aus, wie ein großer Rochen, der schrumpft. Sterk ist irritiert. Dreht an den Okularen. Setzt das Fernglas ab, reibt seine Augen mit den Fäusten. Es ist dämmrig geworden, viel zu früh. Wind weht. Der Vorhang im offenen Erkerfenster klammert sich an Sterks nackten Körper. Der Körper des Burschen hängt schwer im Lehnstuhl. Sterk kann freien Auges erkennen, wie der Bursche den Gegenstand, den er, Sterk, witzhalber als aristotelisches Fernrohr bezeichnet, langsam, so langsam als wäre dieser Gegenstand tonnenschwer, wieder an sein Gesicht führt. Dann fällt die Hand herab, der Gegenstand. Sterk angelt aus einer Ecke des Zimmers seine Badeschlapfen, schnappt den weißen Frotteemantel aus dem Badezimmer. Und rennt los. Der Bursche, unendlich rasch zum Greis geworden, denkt zuletzt: Das Universum ist reine Liebe. Unendlicher Gesang.

***

Die Würfel sind gefallen, denkt Sorge, und zwängt sich in das schmale, enge Ruderboot. Die Wasseroberfläche ist glatt, das Unternehmen wird gelingen. Das Boot ist ein Zweier. Sorge verstaut das zweite Ruderpaar. Seine Ruder steckt er in die Halterungen, probiert den Rollschlitten. Der Strand liegt außerhalb seines Gesichtsfeldes in seinem Rücken. Er rudert los. Sorge rudert gegen seinen Horizont.

***

Die Sandburg ist zerstört. Im Lehnstuhl liegt ein toter Greis. Der Gegenstand, an den sich seine spinnenartigen Finger klammern, ist ein Stein. Sterk nimmt den Stein, steckt ihn in eine Tasche seines Frotteemantels. Das Präzisionsinstrument ist nicht da, fällt ihm auf. Sterk schaut aufs Meer. Aus horizontloser Dunkelheit bewegt sich lautlos ein Ruderboot auf ihn zu. Er greift nach dem Stein und wirft ihn ins Wasser.

Horst Lothar Renner

asche nicht erde

damals

asche. nicht erde. asche, nicht erde. das ergebnis war bekannt. rauch stieg auf. gestank hing in der luft, abscheulich, süsslich. sie parfümieren die heimat, sagten sie. die, die in der nähe waren, die anrainer, die wegschauer, die nichtwisser. judenduft, sagten die. genüsslich, judenduft. kein hahn krähte, kein schwein fragte, nur die hunde bellten. der raum von aussen, war nicht der von innen. verständlich, trotzdem unverständlich. der raum war eine frage der zeit. angst macht starr, angst tötet das gewissen, angst kennt keine moral, angst beherrscht.

benno war noch ein kind, xbeinig, ausgemergelt, hungrig. benno hörte die sirenen, hörte sie bereits zu einer zeit, da sie noch nicht zu hören waren. doch dann waren sie zu hören. für alle. angstmusik, luftraum und luftschutzraum als grundnotation. rhythmus aus geschützsalven und bombenhagel. und stille nach der detonation. staub, unmengen von staub. staub, nicht asche, nicht erde. staub, überall staub. staub hier, rauch dort. angst hier, verzweiflung dort. raumschots zog die vernichtung dahin, die windmaschinen beherrschten alle himmelsrichtungen. augen zu, ohren zu, mund auf, wir singen, und sie sangen. alle, fast alle. der gesang übertönte das schreien, das stöhnen, das flehen, das wimmern, das röcheln, das hauchen und das prasseln des feuers.

es ist zeit, einer erklärung raum zu geben. benno, jahrzehnte später, sah es so.

die industrie konnte alles zur verfügung stellen. um einen preis, um den preis. preiswert und rationell. land in sicht. raum in sicht. mehr land, mehr wert. mehrwert, versteht sich. mehr land, weniger men-

schen. unwürdige menschen. es betraf natürlich nur unwürdige menschen.
menschenunwürdig, sagte benno. er sagte es zu paula.
menschenunwürdig ist die richtige überschrift für dieses kapitel. für diese zeit, für diesen raum. die vernichtung lief industriell ab, die logistik, der transport, das sammeln und entsorgen. und doch gab es teilbereiche, die noch in guter, alter handarbeit erledigt wurden. altes gewerbe. wie in der bäckerei. händisch schoben sie die leichen in die öfen. die, die nichts gesehen hatten, die, die sich nichts dabei gedacht hatten, die, die später sagten, wird doch jetzt auch so gemacht. ist eine von mehreren methoden. hygienisch einwandfrei.
paula sagte, asche, nicht erde. ja, sagte benno. ja, sagte er. ja und ja.
paula war eine der wenigen, benno war einer der wenigen. es gab wenig wenige, aber viele viele. viele in abstufungen. alle schattierungen waren vertreten. die nichtwisser, die fast nichtwisser, die wenigwisser und die, die nichts wissen wollten. weder das eine noch das andere.
wie kann man mit offenen augen nichts sehen, fragte sich benno.
wie kann man gesehenes nicht wissen, fragte sich paula.
wieso du, fragte benno.
und wieso du auch, fragte paula.
die beiden stellten ihre fragen zu einer zeit, die nicht mehr diese zeit war. auch der raum hatte sich verändert, war wieder klein geworden. aus der traum vom grossen raum. obwohl die aussage über das ende des traums sehr verschwommen ist. sie ist falsch, sagte benno. sie muss falsch sein, setzte er nach. diese aussage entspricht nicht der wahrheit, kann ihr nicht entsprechen. sonst, sagte benno. und paula schloss sich an. sonst. sonst könnte nicht. sonst dürfte nicht. sonst würde nicht. sonst wäre alles anders, sagten die beiden in voller übereinstimmung. für den aufbau wurden die grundsteine gelegt. für den aufbau wurde vergessen gepredigt, und vergeben natürlich.

und schuld hatten wir keine, haben wir keine. das sagten nicht benno und paula, die sagten, wer ist wir.
bei diesem stand, in diesem raum, bei dieser not schlossen sich alle zusammen, waren wir, waren sie. aussenseiter trafen aussenseiter. wenn sie sie trafen. meistens nicht. aus schutt wurden die nicht zu schaden gekommenen ziegel geborgen. und geboren wurde eine nicht hinterfragte identität. das motto, nie wieder, verschwand im kurzzeitgedächtnis oder wurde von neuer unkultur überlagert. asche nicht erde, wurde zitat.

vorher

vorher nichts. nachher nichts. für den, der nicht verreckte, blieb alles beim alten. die kaisertreuen gedichte wurden in unzumutbaren behausungen gesponnen. die eigenwertigkeit war unbekannt. es lebt sich gut in alter zeit, sagte benno und fügte hinzu, wenn man nicht leben musste. bennos vater musste. paulas vater musste. auch die mütter mussten. die grossväter, die grossmütter. sie alle mussten, mussten leben, wenn sie leben wollten, überleben wollten. die arbeit riss die haut von den fingern. zuerst die haut, dann das fleisch. doch mit arbeit war der hunger nicht zu stillen. hunger formt ein besonderes weltbild. hunger zerstört. kein gehen und kommen. kein weg mit ziel. kein innenraum, kein aussenraum, raumlos dahinvegetiert, auch wenn der grosse raum, das weite land, noch für einige zur verfügung stand. standesgemäss war das leben für alle. für die, die oben standen, und für die, die unten lagen. asche, nicht erde, war noch bild. asche, nicht erde, war ferne nähe. war spürbar. die winterkälte blieb auch im sommer. selbst bei grösster hitze war der frost körpernah. die technik musste bedient werden. musste bedient werden, obwohl sie nicht einmal in ansätzen für die gewinnausgegrenzten fassbar war. technik forderte und fordert raum, forderte und fordert ersatz, forderte und fordert umsatz und einsatz. und natürlich opfer.
vater erzählte, sagte benno.
mutter auch, sagte paula.
wie sie gestorben sind, oder verstümmelt wieder kamen. wie sie sich paarten, für augenblicke die amputierten arme und beine vergessend. welch ein dreck lag über dem land. nach den schillernden paraden, der herrlichkeit, der buntheit. nach der streng begrenzten

vielfältigkeit. was kunst aufgerissen hatte, wurde zugeschaufelt. mit erde bedeckt, wie hunderttausende kadaver auch. selbstverständlich mehr menschen, weniger pferde, kaum kunst. sterben ist in diesen dimensionen immer kulturlos, sagte bennos vater. bennos mutter war, wie immer, sprachlos. asche, nicht erde, stand nicht zur debatte.
in den selbst geschaufelten gräben blieb die ehre liegen. aus aufgerissenen körpern floh das leben. und jene, die noch laufen konnten, liessen alles zurück. eben auch die ehre. ehre, wem ehre gebührt. dieser satz war nicht mehr zu gebrauchen. konnte erst viel später wieder verwendet werden. töten hatte keine ehre, und sterben auch nicht. nicht zu dieser zeit, nicht in diesem raum. zuerst trugen sie die gebirgsketten einen meter ab, die gültigen vermessungen hätten fast neu gemacht werden müssen, doch die leichenberge brachten die natürlichen berge wieder auf das richtige niveau.
worauf stehe ich, fragte benno.
und worauf gehe ich, fragte paula.
sie ahnten es bei der kurzen rast, später, viel später, als sie gegen süden zogen. die vorher, wussten es. vom süden zurück, aus allen richtungen zurück, war das richtungsweisende richtungslos geworden. man lebte von der hand in den mund, falls man noch hände hatte. die väter, die mütter, die grossväter, die grossmütter. wer nichts hatte, wusste warum, und wer etwas hatte, wollte es nicht wissen. der andere war der feind. wer der andere war, wurde kundgetan. öffentlich. angeschrieben, preisgegeben. die nächste epoche wurde geplant, obwohl diese noch nicht gelebt worden war. dahinvegetieren ist nicht leben, und was die meisten nicht glauben wollten, sich auf den tod vorzubereiten, ist es auch nicht. die betten wurden geteilt, die kleidung wurde geteilt, der hunger und die meinung. die juden haben geld. und wer geld hat, hat macht. und die macht liegt in falschen händen. die von richtiger geburt, die aus stahl und eisen,

aus draht und energie, rieben sich die hände. ein banaler vergleich, aber ein bild, ein wirksames plakat, das naturgemäss nicht zum plakatieren geeignet war.
naturgemäss, sagte benno.
naturgemäss, sagte paula, ist, was die männer bestimmen.
asche, nicht erde, wurde angedacht, blieb latent vorhanden. das ergebnis war bekannt. asche. nicht erde. das ergebnis ist bekannt.

die schlächter waren verschwunden. es war so, als hätte es sie nie gegeben. eine neue inszenierung. eine neue zeit, ein neuer raum, ein fest umrissener raum mit vielen türen, mit vielen hintertüren. doch diese waren für die meisten noch nicht sichtbar, waren verschlossen und wurden nur geöffnet, wenn gleichgesinnte ihre schattenspiele aufführten. ein dröhnen, ein hämmern erfüllte die luft, über dem land lag der geruch von schweiss. arbeit als leben, arbeit für die zukunft. mit der opferrolle im rücken blickten alle nach vorn. sie glaubten, was gesagt wurde, sie glaubten auch, was sie sagten. und morgen ist ein neuer tag, dieses nichtssagende kürzel, war verheissungsvoll und stillte die sehnsucht.
es gab nur noch opfer, sagte benno.
und wo waren die täter, fragte paula.
keine unterscheidung mehr möglich, keine unterscheidung mehr gefragt, keine unterscheidung mehr gewünscht. alles zugedeckt, eingemauert, übertüncht. die fassaden zeigten sich wohl noch in grau, aber die vorstellung hatte die farben schon gemischt. die phantasie pinselte fröhlich los. die hoffnung hatte nur einen kurzen aufenthalt. was benno nicht verstehen konnte, was benno nicht verstehen wollte, war, dass dieser dumme, grausame, infantile mechanismus wieder installiert wurde. die ausbildung zum morden, zum verwüsten, zum vergewaltigen stand wieder auf dem schulplan, auf dem stundenplan, wurde in den normalen tagesablauf integriert. benno stand im abseits, konnte nicht folgen, verstand plötzlich paula nicht, die, in ihrer rolle als ewiges opfer, diese entwicklung nicht so belastend empfand. asche, nicht erde und erde, nicht asche, für ein jahr-

zehnt individueller bestattungsritus, stieg in neue dimensionen auf. ein raum tat sich auf, ein raum musste genutzt werden, ein raum musste ausgefüllt werden. nicht mehr der hunger, verlangen musste gestillt werden. und es wurde. die nichtwisser und auch die noch-nichtwisser bekamen neue kleider.
sie singen die gleichen lieder, sagte benno.
es ist ein neuer text, sagte paula und negierte das immer lauter werdende summen, das immer lauter werdende kreischen.
noch waren die worte unter kontrolle. noch. und dass einige trotzdem aus falschen wörtern die falschen sätze formten, wurde überhört oder als richtig befunden. es gibt nichts schlechtes, das nicht auch etwas gutes hat. die vermittelte bildung war umfassend, daher, es gab nichts schlechtes, das nicht auch etwas gutes hatte. die lehre leerte die vergangenheit. die zitierte, jüdische hast, war nicht auf den fortschritt gemünzt. es war die zeit, in der, anderswo, räume vernichtet wurden, räume und menschen, menschen, es war wieder zeit. die wirtschaft florierte, die technik setzte zum höhenflug an. benno und andere blieben auf dem boden. sie bekannten sich zur täterschaft. sie versuchten sich zu wehren. sie säten und pflanzten, zum ernten kamen sie nicht. wachsendes wurde vernichtet. entlaubte bäume dort, zertrampelte früchte hier.
es ist nicht meine sache, rief benno, es ist unsere.
und es muss frei sein, was frei sein will, sprach paula. sie hielt eine lange rede, die über zeit und raum hinausging. frei von zwang.
der wind wehte scharf und kalt. wehte aber auch den samen weiter. was einmal zu ernten sein würde, war noch nicht bekannt. ein freiraum schloss seine pforten. asche, nicht erde, lag in der luft. eine neue macht kam ins spiel. eine bedrohung, die für alle unsichtbar war, und daher unverständlich sein musste. profit übernahm die hauptrolle, nicht sicherheit. lebensqualität wurde gepredigt, der tod von nicht zu zählenden lebewesen in kauf genommen. krankheit, siech-

tum und das ende waren in der theorie ausgearbeitet. in der praxis war es noch nicht soweit, zum glück fehlten noch die beweise. die profilierungsgier stand in hochblüte. die, die was zu sagen hatten, verbündeten sich in dem braunen schlamm, der noch immer alles überzog, oder sollte man sagen, schon wieder überzog, mit denen, die nichts zu sagen hatten. partnerwahl. die wähler und die gewählten. die nichtwähler, die verweigerer wurden ebenso zum tanz gebeten. es lag in der luft. was. asche, nicht erde. wann.

heute

heute ist nicht ein tag, ist nicht unser tag, nicht jener tag. heute ist zeit im raum, die bekannt ist, der bekannt ist. benno war am ende, paula am anfang.
nein, sagte benno, und
ja, sagte paula.
kleine siege, räumlich beschränkt, zählten nur am rande. liessen wohl das glücksgefühl für einige zeit aufleben, das ableben folgte aber auf dem fuss. was voher, gestern, nur leise dahingemurmelt worden war, im kleinen kreis, im bekannten kreis, unter freunden, kameraden, sagt man da wohl, wurde lauter, wurde artikuliert, wurde umgangssprache, wurde geschrien, wurde ausgekotzt. faschistoides gedankengut, gedankengut ist hier sicher die falsche wortwahl, verfaultes, krankhaftes, ekelerregendes trat ans tageslicht. aus dem schutz der nacht, wo es sich immer gehalten hatte, kam es an den tag. war tagesgespräch, wurde publiziert, wurde ernsthaft diskutiert, wurde exekutiert. asche, nicht erde, frass sich fest in bennos kopf. benno zog sich immer mehr zurück, zog sich in sich hinein, führte den kampf, der aussichtslos schien, fast ausschliesslich in seinen vier wänden. in seinem raum. ein raum, der den druck nicht mehr standhalten konnte, der zu explodieren drohte.
blutrausch, sagte benno, immer wieder, blutrausch.
er sagte es zu paula, die ihn verstehen konnte, die die gleichen gefühle hatte, die die gleiche verzweiflung spürte, die aber trotzalledem eine zukunft sah.
die zukunft ist weiblich, die zukunft muss weiblich sein, sagte paula, sonst.

ja, sonst, sagte benno. aber er sagte auch, aber und trotzdem.
und, ich muss, sagte benno, ich muss, das sagte er auch.
es ist wieder zeit, einer erklärung raum zu geben. paula, einige zeit später, sah es so.
technische museen soweit das auge reichte, überall räume vollgestopft mit technischen innovationen, die gewinn versprachen. raumorientiert, zeitorientiert, zukunftsorientiert. die konzerne hatten eine gerechte aufteilung ausgerichtet, die raumausschliessung nach unten, die raumnutzung nach oben. die befreiung der massen schien hier abgeschlossen zu sein. die herrschaftskritik lief folgendermassen ab, dagegen sein, dafür arbeiten, dagegen arbeiten, dafür sein. das sein und das tun immer im widerspruch.
nicht so bei benno. den verdeckten judenhasser, den schönredner, den biertischphilosophen, den populisten, den retter der heimat, den träger der tracht, der richtigen natürlich, den alles in einem, den starken mann brachte er zur strecke. was immer das auch heissen mag. war es fiktion, ein traum, realität. ausgelöst und untermauert durch krankheit, alter oder verwirrendes im kreis denken.
wir kommen nicht an, wird benno vielleicht gedacht haben, und ich komme an, wird er vielleicht ebenso gedacht haben. und er ist angekommen, lag unter der schwarzen folie, nur die füsse, eigentlich die schuhe schauten darunter hervor. rote flecken hatten sich neben der verhüllung breit gemacht. die letzte niederschrift eines lebens.
der rote sand, der aus der sahara herüberwehte, bedeckte alles. war fremd und wurde als bedrohung empfunden. die bräunliche haut, die vielen gesicht gab, nicht dieses weiss, dann braun, und später wieder weiss, und wieder braun, war fremd und daher bedrohlich. der knall, als die militärflugzeuge die schallmauer durchbrachen, konnte zwar nicht im gedächtnis abgerufen werden, wurde aber als donner bewertet. alles in allem, war es eine ruhige zeit. der raum galt noch als insel. was erzeugt wurde, wurde verkauft, und was zu ver-

kaufen war, wurde entwickelt. aus der sicht der technik war die welt ein gut gelegener ausstellungsraum.
die massenmedien lebten das leben der massen. lebten es vor. freizeit als zwang, freiraum überwacht. heute und morgen, nichts dazwischen. nichts.
paula hielt die trauerrede, als der sarg mit benno langsam versank.
sie sagte, ich verabschiede mich von einem freund. asche, nicht erde.
asche. nicht erde. leicht. und frei. für immer.

Claudia Sykora-Bitter

auf der fußmatte vor der wohnungstür abgestellt oder: ohne buchstaben

sie haben ihn mir einfach geschenkt, nein, ich hatte ihn mir nicht gewünscht, auf die idee wäre ich gar nicht gekommen, es war nicht einmal an meinem geburtstag, kein weihnachten, keine jubiläums- oder gedenkfeier, kein osterfest, nichts weit und breit, nur dieser ganz gewöhnliche wochentag, und trotzdem, oder vielleicht genau deswegen, an diesem ganz gewöhnlichen morgen habe ich ihn vor der wohnungstür gefunden, als hätte jemand geschenke ausgetragen, wie die morgenzeitung, auf der fußmatte abgestellt habe ich ihn gefunden

was hätte ich tun sollen, ganz offensichtlich handelte es sich um ein geschenk, um ein geschenk für mich natürlich, es war verpackt, wie ein echtes geschenk, blauglitzerndes papier als verpackung verwendet, wenn man es berührt, läuft einem die gänsehaut über den rükken, so ein geschenkpapier war es

aber schließlich will man ja wissen, was drinnen ist in so einer blauglitzernden verpackung, da kann man sich schon überwinden, eine gänsehaut auf dem rücken riskieren, dann muss sie halt sein, vielleicht eine leichte, die einem nicht wirklich was anhaben kann oder aber auch die stärkere variante, bei der es einen geradezu schüttelt, vor lauter gänsehaut am ganzen körper, wie auch immer, im vorhinein lässt sich nicht feststellen, was passieren wird

das geschenk konnte nur von ihnen sein, von wem denn sonst, niemand anderer wäre denkbar, niemand anderer hätte sich das erlaubt, ein geschenk in blauglitzerndem papier auf der fußmatte vor der wohnungstür abzustellen, kein mensch auf dieser welt kommt dafür in frage, außer ihnen, so viel steht fest, nicht, dass es so schlimm wäre, ein geschenk auf der fußmatte abzustellen, ich möchte nicht missverstanden werden, aber man konnte ja annehmen, was drinnen ist, wenn man wirklich möchte und sich anständig bemüht, könnte man doch schon vorher daraufkommen, schon vor dem auspacken, ich persönlich habe es wahrscheinlich geahnt, ich musste mich nicht anstrengen, darauf zu kommen, was in dem paket drinnen ist, ich habe es nicht mit klarheit gewusst, aber eine gewisse ahnung muss vorhanden gewesen sein

und trotzdem wird es geöffnet, das von ihnen auf der fußmatte abgestellte paket, ein geschenk wohl, ein als geschenk getarntes paket, lieber wäre mir, wir nennen es ab nun paket und vermeiden den ausdruck geschenk, so ist es unverfänglicher ihnen gegenüber, sie lesen diese veröffentlichung ja womöglich auch einmal, oder bekommen sie zu ohren bei lesungen und preisverleihungen, und auch für uns selbst ist es besser von paket zu reden, damit wir uns nicht in die irre führen

das paket also wollte aufgemacht werden, und dieser fromme wunsch konnte ihm nicht abgeschlagen werden, zumindest von meiner person nicht, wie andere sich hier verhalten mögen, bleibe dahin gestellt und hat uns zu diesem zeitpunkt nicht im geringsten zu interessieren, pakete wollen im übrigen immer geöffnet werden, der öffnungsprozess ist ihr höhepunkt, ein wonniger genuss, den nur pakete kennen und schätzen, ich verschaffe dem paket nur einen sehr kurzen wonnigen genuss, indem ich das blauglitzernde verpackungspapier herunterreiße und somit der gänsehaut nur einen schauer gönne, weil ich erstens von natur aus zu den ungeduldigen wesen zähle, und zweitens ohnehin verärgert war, dass sie mir das paket einfach so vor die tür auf die fußmatte gestellt haben, ohne warnung, ohne worte an mich zu richten, so weit waren sie noch nie gegangen, und das erfüllte mich mit ärger, der dem zorn sehr nahe steht, und drittens gehöre ich zu den wesen, die, wenn sie verärgert wurden, noch ungeduldiger werden, als sie ohnehin schon sind

ich hätte es mir denken können, ich hätte es mir beim auspacken schon denken können, hatte ich nicht auch so etwas ähnliches geahnt, doch verärgerung und ungeduld ließen keinen platz für gedanken, die ich mir hätte machen sollen oder können, in meinem kopf es war ein raum, ich war überrascht, vorahnung hin oder her, ich war völlig überrascht, sie verstanden es, mich zu überraschen, wenn auch meist nicht zum positiven, kaum hatte ich den raum aus dem geschenk- besser paketpapier befreit, breitete er sich aus, entfaltete sich genau vor meinen augen, die ich weiter als im normalfall geöffnet hatte, um nicht zu sagen, aufgerissen hatte, um nur ja nichts zu übersehen, da löste er sich von seiner kleinigkeit, was sein ausmaß betrifft, und pflanzte sich vor mir in seiner vollen größe auf, als würde er das schauspiel extra für mich durchführen, ein speziell für mich einstudiertes schauspiel, schoss es mir durch den kopf, und damit das gefühl der verärgerung und die ungeduld etwas ins abseits, im herz fühlte ich mich für einen kurzen moment geschmeichelt, wem wäre es anders ergangen, seien wir ehrlich

tatsache war, ein raum ist ein raum und kann nichts anderes als sich zum raum machen, und das war er nun auch schon in seiner ganzen länge und breite und fülle, ich war froh, dass er nicht überdimensional groß oder stark war, noch schien keine bedrohung von ihm auszugehen, was seine ausmaße anging, doch das kann man ja nicht wissen, auch wollte ich mich nicht zu früh in sicherheit wiegen, was dieses paket betrifft, geschweige denn mich zu früh freuen

der raum stand vor mir und ich vor ihm, wie die eine vollendete tatsache vor der anderen, wie der ochs vor dem tor auch, nun ja, es war mein raum, daran gab es nichts zu rütteln, daran war nicht zu zweifeln, er gehörte mir, ob ich wollte oder nicht

ich begann ihn mir genauer anzusehen, besah ihn von oben und unten, berührte ihn vorsichtig, strich mit meinen fingerkuppen seine kanten entlang, scharfkantig war er, da könnte man sich glatt die Fingerspitzen daran schneiden, so, dass das blut, mein eigenes fingerblut, auf die raumwände tropft, rote farbe rinnt und stockt, ich habe mich nicht geschnitten, dazu bin ich viel zu vorsichtig, ungeduldig zwar, aber ein unvorsichtiges wesen bin ich nicht was mir am auffälligsten an meinem raum erschien, waren die vier ecken, die er oben und unten hatte und in denen er vier buchstaben sitzen hatte, vier oben und die gleichen vier auch wieder an der unterseite, die buchstaben haben mir gleich gefallen, schon beim ersten anblick habe ich sie ins herz geschlossen, die hatten schon etwas für sich, die buchstaben, das muss man denen wieder lassen, die, welche mir das paket auf der fußmatte vor der wohnungstür abgestellt haben, immerhin waren die buchstaben beim raum dabei, ob sie ihn so ausgestattet haben, speziell für mich, nein, das ist ihnen nicht zuzutrauen, der raum selbst wird sich so gestaltet haben, seinen vorstellungen entsprechend und diese vorstellung kommt meiner ganz nahe, wenn ich mir vorstelle, ein raum zu sein, und es fällt mir nicht besonders schwer

was liegt auch einem raum näher, als seine vier buchstaben in seine vier ecken zu setzen und zwar in alle seine vier ecken, ob oben oder unten oder hinten oder vorne oder rechts oder links, wie man es halt sehen will, mir scheinen diese räumlichen angaben und aspekte alle höchst relativ und fragwürdig zu sein, der raum bleibt immer ein raum, zumindest meiner und hat immer sechs flächen und vier ecken, oben und unten, oder unten und oben, wenn man ihn auf den kopf stellt, wo um himmels willen ist der kopf des raumes, ich sehe den raum als raum und nichts anderes, ob das von denen bezweckt war oder gerade das von denen nicht bezweckt war, lässt sich schwer erörtern, wie andere das sehen, sei dahingestellt

der raum oder zumindest mein raum hat vier buchstaben, das R, das A, das U und das M, mein raum hat seine buchstaben wie gesagt in seine ecken gesetzt, oben und unten, so erhalten wir in summe zwei R, zwei A, zwei U und auch zwei M, und das ist eine ganze menge für einen raum, oder finden sie nicht, ich beginne zu ahnen, was der raum mir alles bieten kann, welche möglichkeiten sich mir da eröffnen, ein leichter schwindel befällt mich von diesen ahnungen, da möchte ich ihnen fast danken, dass sie mir das paket mit dem raum auf die fußmatte gestellt haben, aber eben nur fast, noch wage ich es nicht, ein dankegefühl zu empfinden, das wäre zu voreilig, unvorsichtig fast, denn wer weiß, wer weiß, was da noch kommt, was da noch auf mich zukommt, nur sie können es wissen, oder womöglich nicht einmal sie, nein, an diesen fall wage ich schon gar nicht zu denken, sonst stülpt sich panik über mich

ich lasse mich nicht voreilig zu gefühlen hinreißen, für die kein sicherer grund besteht, erst einmal muss sichergegangen werden, ob denn alles stimmt, ob alles sich so verhält, wie man meint, dass es sich verhält, da müssen zweifel ausgeräumt werden, verdächtigungen entkräftet werden, da muss sicherheit erlangt werden, noch bin ich nicht so weit, ich gehe vorsichtig vor, wie es meinem wesen entspricht

ganz gerade, ganz exakt sind die buchstaben in die ecken gesetzt, wie sie mir gefallen, so schwarz in ihrer geradlinigkeit, so gerade in ihrer schwärze, eindeutig als schriftzeichen erkennbar, unverwechselbar, es sind meine zeichen, jetzt sind es meine zeichen in meinem raum, nur für mich allein ein ganzes R-A-U-M, ein ganzer buchstabenraum und das noch dazu mal zwei

es macht mich glücklich, ob ich will oder nicht, ich kann nicht anders als ein glücksgefühl empfinden, weil ich diesen buchstabenraum vor mir habe und ihn mein eigen nennen darf, es kann schon einmal passieren, da packt einen das glücksgefühl ganz heftig bei den zehen und wandert hinauf bis zu den ohren, ohne dass es sich abhalten lässt, dass einem fast schwindlig wird dabei, und es geht nicht mehr vom körper hinunter, klebt wie eine schnecke, setzt sich fest im körper, wie moos auf dem stein, nicht mehr herauszukletzeln, so fest drinnen, dass es unmöglich wieder aus dem körper herauszubringen ist, da kannst du aufführen, was du willst, es hilft alles nichts, du bist dem glück ausgeliefert, wie einem regenschauer in

der wüste, nicht einmal davonfliegen würde etwas nützen, abgesehen davon gehören wir nicht zu den fliegenden wesen
und dann, dann aber vergeht es so schnell wie es gekommen ist, verlässt den körper wieder, kriecht vom scheitel hinunter und schleicht sich bei deinen fersen von dir weg, als wäre es niemals da gewesen, und du fühlst dich so nüchtern wie nie zuvor
als trockenes, nüchternes wesen kehre ich zum raum zurück, nehme meine beobachtungen wieder auf, wie eine offene frage steht der raum im zimmer, wenn er von mir so eingehend betrachtet wird, man kann ihn so nicht einfach stehen lassen, ich kann meinen raum nicht einfach so mir nichts dir nichts hier stehen lassen, er ist eine herausforderung, die mich betrifft, mich ganz persönlich, ob das von ihnen beabsichtigt war oder nur auf meinem gefühlsmist gewachsen ist, wissen wir nicht und werden wir wahrscheinlich auch nie erfahren, da steht der raum auf jeden fall und verlangt nach einer lösung, und von wem sonst als von mir, wem wurde er denn in blauglänzendem papier verpackt auf die fußmatte vor die wohnungstür gelegt, nicht dir, sondern mir
wie komme ich eigentlich dazu, was haben die sich nur dabei gedacht, mich auszuwählen, damit ich einen buchstabenraum erschließe, denn das ist es, was er will, der raum, von mir erschlossen werden, nicht von irgendwem, nun, wenns weiter nichts ist, könnte ich denken, das soll er haben, wo er nun schon einmal da ist, es ist nicht meine erste raumerschließung, immerhin geht es nicht ums weltall, nicht um unendliche räume, nicht um umgelegte achter, nein, ich kann den tatsachen ruhig ins auge schauen, ein kleiner mir bis zum nabel reichender raum, ein rechteckiger mit acht buchstaben versehener raum begehrt erschließung, nichts leichter als das, wenn man es genau nimmt, und ich bin eine, die es sehr genau nimmt, vielleicht sogar zu genau
als erstes nehme ich das A aus der oberen hinteren linken ecke, das

bietet sich an, wo das doch auch der erste buchstabe unseres alfabetes ist, warum oben links hinten, kann ich nicht sagen, scheint mir ein zufall zu sein, dem keine bedeutung beizumessen ist, das A ist so schön spitz oben und besitzt drei so gerade striche, dass es mich entzückt, dazu nehme ich das U aus der oberen hinteren rechten ecke, exakt gebogen ist der halbkreis des U unten, doch zählt es trotzdem nicht zu meinen lieblingszeichen, natürlich könnte ich auch das A aus der unteren hinteren linken ecke nehmen und das U aus der unteren hinteren rechten ecke nehmen, aber wozu, frage ich mich, das ergebnis ist das gleiche, nehme ich an, ohne dass ich es beweisen kann, A-U

au, das tut weh, der schmerz fährt mir in die glieder, wie ein todesschreck, der körperliche und der seelische schmerz tun sich zu einem großen au zusammen, dass die schultern auskugeln, der bauch sich krümmt, und die schnitte an den Fingerspitzen von den scharfen raumkanten fürchterlich brennen, erbärmlich weh tut es das au, und wie weh es tut, wenn sie mich beleidigen, wie sie es schon so oft getan haben, wie weh der schmerz tut, den sie mir zufügen, weil sie gemein sind, weil sie nur gemein zu mir sind, wie weh ihre gemeinheiten immer noch tun, man kann sich nie an sie gewöhnen, genug damit, hastig gebe ich das A und das U wieder zurück in ihre ecken, bevor ich vergehe vor schmerz, das habe ich nicht nötig und muss ich mir nicht bieten lassen, genug mit AU

du meine güte, wie ist denn das passiert, das wollte ich nicht, M-A-M-A habe ich plötzlich in der hand, diese vier buchstaben, förmlich aufgedrängt haben sich die meiner hand, und ich weiß, was sie zu bedeuten haben, diese zwei M und diese zwei A, mein gott, was tut der raum mir an, mama, meine mama, deine mama, unsere mama und ihre mama, wir kennen sie doch alle, diese mamas, wie sie pakken und festhalten und an sich drücken, und fast erdrücken, und wie sie lieben und wie sie hassen, und wie sie halten und wie sie lassen,

das zimmer, in dem der raum steht, erfüllt sich mit mamas, das kann ich nicht zulassen, weil es mir das atmen schwermacht, ich schüttle die vier buchstaben schnell wieder ab von meinen händen und sie setzen sich sofort wieder an die leeren stellen im raum, wo sie hingehören, den mamabuchstaben ihren platz und mir den meinen
da ist mir schon das R-A-M-U lieber, ich hatte eines vor langer zeit, jetzt wird die erinnerung daran wieder wach, es war ein kleines buschiges ramu, ich hatte es im wald gefunden, ausgesetzt von den bösen und habe es gleich mit nach hause genommen, nett von meinem raum, dass er mir das ramu, wenn auch nur in buchstabenform wieder zurückgibt, denn es lebte nicht sehr lange bei mir, ist gestorben, obwohl ich mich so gut darum gekümmert habe, ramus werden halt auch nicht sehr alt, leider, trotzdem bin ich froh, eines besessen zu haben, komisch, dass sie nichts dagegen hatten, zumindest haben sie keinen versuch unternommen, es mir wegzunehmen
allmählich merke ich wie die erschließung des raumes vorangeht, wie viel noch zu tun bleibt, ich muss mir die zeit einteilen, kann nicht den ganzen tag nur raumerschließung betreiben, und da gibt es noch das U-M und das M-A-U und das M-A-R-R und das M-A-R-U-M und das UM-R-A und das A-U-R-A und das R-A-M-M und das U-R-R-A und das M-A-R-A und das RA-M-A und das U-M-A-R-M und und und
da gibt es noch so viel und es will in die hand genommen werden und betrachtet und bearbeitet werden, mir wird ganz schummrig, was sich da alles für buchstabenhaufen auftun, ich schüttle alles ab, was mir in die augen, in den kopf springt, verschiebe es auf später und schiebe den raum mit beiden händen zur seite, an die wand meines zimmers, so dass er nicht im mittelpunkt steht, in meinem mittelpunkt, das hätten sie vielleicht gern, dass ich jetzt an nichts anderes mehr denken kann, als an den raum, nichts anderes mehr tun kann, als ihn zu erschließen mit seinen verdammten buchstaben

nein, das lasse ich mir nicht gefallen, und das ist doch auch verständlich, oder, es ist ja schön und gut, dass sie mir diesen raum geschenkt haben, ich werde ihn auch nicht zurückgeben, ihn nicht wieder vor die tür auf die fußmatte stellen, damit er wieder abgeholt wird, nein, ich weiß, man schenkt keine geschenke zurück, aber was zu weit geht, geht zu weit, ich bin entschlossen, und wende mich ab von dem raum, drehe ihm meinen rücken zu, da sticht es mich plötzlich in der brust und ich kralle panisch meine hand ins fleisch, unter dem mein herz rast

jetzt ist etwas passiert, das ist mir klar, etwas hat sich verändert, schlagartig, was ist es, was kann es sein, helft mir, mein puls rattert, ich bin allein und hilflos, da können nur sie mit ihrem verdammten raum-geschenk dahinter stecken, meine brust schmerzt, ich sinke zu boden, es zieht mich zu meinem raum hin, hätte ich ihm nicht den rücken zuwenden sollen, mein gott, das tut mir leid, das konnte ich doch nicht wissen, woher sollte ich das denn wissen, ich krümme mich, die schmerzen in der brust ziehen weiter in den bauch, ich wälze mich verkrampft in meinen raum hinein, er saugt mich auf, ich habe keine wahl, es ist so eng, erdrückend, und ich merke, dass da etwas fehlt, verdammt, die buchstaben sind weg, aus den raumecken sind alle R, A, U und M verschwunden, das darf doch nicht wahr sein, das kann man mir doch nicht antun, nur weil ich den raum zur seite geschoben habe und mich von ihm weggedreht habe, mir die schönen buchstaben wegzunehmen

ich raufe mir die haare, nichts mehr tut weh, aber die verzweiflung springt mich an, wie soll ich weiter tun ohne R, ohne A, ohne U und ohne M, wozu dann noch ein RAUM, ich kann es nicht glauben, ich will es nicht glauben, ich werde hier hocken bleiben, in meinem verdammten raum-geschenk, bis die buchstaben wieder auftauchen, und sie werden wieder auftauchen, darauf wette ich, denn so gemein sind nicht einmal die jetzt ist etws pssiet, ds ist i kl, etws ht sich veändet, schlgtig, ws ist es, ws knn es sein, helft i, ein pls ttet, ich bin Ilein nd hilflos, d können n sie it ihe vedten geschenk dhinte stecken, eine bst schezt, ich sinke z boden, es zieht ich z eine hin, hätte ich ih nicht den ücken zwenden sollen, ein gott, ds tt i leid, ds konnte ich doch nicht wissen, wohe sollte ich ds denn wissen, ich küe ich, die schezen in de bst ziehen in den bch, ich wälze ich vekpft in einen hinein, e sgt ich f, ich hbe keine whl, es ist so eng, edückend, nd ich eke, dss d etws fehlt, vedt, die bchstben sind weg, s den ecken sind lle nd veschwnden, ds df doch nicht wh sein, ds knn n i doch nicht ntn, n weil ich den z seite geschoben hbe nd ich von ih weggedeht hbe, i die schönen bchstben wegznehen

ich fe i die he, nichts eh tt weh, be die vezweiflng spingt ich n, wie soll ich weite tn ohne ohne ohne nd ohne, woz dnn noch ein, ich knn es nicht glben, ich will es nicht glben, ich wede hie hocken bleiben, in eine vedten geschenk, bis die bchstben wiede ftchen, nd sie weden wiede ftchen, df wette ich, denn so geein sind nicht einl die

Roland Vorlaufer

Hillmanns Problem
oder: Raum für Ideen

Dem Aufrechten ist verdienter Ruhm peinliche Zier,
unverdienter Ruhm hingegen schwere Bürde

Wir saßen in unserem Cafe am Stadtrand. Hillmann und ich. Ich sage ‚unserem', weil wir uns hier regelmäßig trafen. Bei diesen Zusammenkünften bemühten wir uns beide geflissentlich, beim Anderen den Eindruck zu erwecken, ihn zu beneiden. Er mich wegen meiner Freiheit der Kunst und meines Tagesablaufs, ich ihn wegen seines Erfolges, seines Renommees (seines Geldes). Insofern verliefen diese Treffen recht harmonisch. Sonst wußten wir nicht viel voneinander. Ich wußte folgendes: daß er verheiratet war und getrennt lebte. Ich wußte, daß es immer mal Studentinnen gab, die für kurze Zeit in seinem Leben herumhuschten, aber nichts festes. Er wußte, daß ich nach unserer gemeinsamen Studienzeit Schriftsteller geworden war. Er wußte, daß ich seit Jahren keine Frau gehabt hatte, mich auch nicht dafür zu interessieren schien. Was er nicht wußte: ich hatte beim Anhören seiner Geschichten einen behäbigen Neid auf diese Studentinnengeschichten entwickelt. Ich pflegte mir vorzustellen, selber diese jungen Pflanzen mit meinem Geist (u.a.) zu benetzen. Weitere Schritte unternahm ich nie. Ich bin mir sicher, daß Hillmann von meinen müden Begierden keine Kenntnis hatte, da er mich sonst sicher nicht ins Vertrauen gezogen hätte. Die Tatsache, daß ich mich tatsächlich für seine Eskapaden interessierte (und sein Wissen darum), hätte das behäbige Equilibrium unserer Treffen gestört.
So trafen wir uns etwa zwei- bis dreimal im Monat. Hillmann: der drahtige, hochaufgeschossene Literaturprofessor, der energischen Schrittes das Cafe betrat und kaum in seinen Bewegungen innehielt, während er mit den Augen das Cafe nach mir absuchte.. Ich: der etwas dickliche, aber ebenfalls keineswegs kleine Schrat mit dem Vollbart und den Schuppen auf den Jackettaufschlägen, der immer schon da saß, wenn Hillmann kam.

Vor ein paar Wochen dann hatte sich etwas geändert. Hillmann hatte sich bei unserem vorletzten Treffen plötzlich geräuspert, uns beiden einen Schnaps bestellt und zu reden begonnen.
Natürlich fühlte ich mich geschmeichelt, daß er mit seinem Problem zu mir gekommen war, mich um Rat fragte und damit unsere Routine durchbrach. Er hatte ein Problem, und er war zu mir gekommen. Ich hatte hunderte von den Dingern, ich war aber nie zu ihm gekommen. (Mit meinem Roman ging es nicht voran, und selbst wenn es voranging: es war, wie einen Fahrradschlauch zu flicken, indem man ihn zunäht. Hat man ein Loch geschlossen, entstehen durch die Stiche unzählige neue. Irgendwann würde der Roman fertig sein. Mein Verleger würde ihn publizieren, wenn er grad nichts besseres zu tun hatte. Ein paar hundert Exemplare würden ihren Weg in Einkaufstaschen, auf Beistelltischchen, später in Umzugskisten im Hobbykeller finden. Niemand würde glücklicher oder unglücklicher sein; niemand sein Leben verändern.)
Das nur am Rande. Hillmanns Problem, in einem Satz und mit seinen eigenen Worten: er war auf dem absteigenden Ast. Seit Jahren keine Publikationen. Keine Artikel in Fachzeitschriften, keine Bücher, keine Lesungen in Fachzirkeln. Nichts. Er hatte seine Professorenstelle in den Sechzigern bekommen; aus dieser fernen Epoche stammten auch seine letzten Publikationen. Von seiner Reputation hatte ich immer angenommen, sie sei einfach da. Jetzt stellte sich heraus: sie war weg, jedenfalls so gut wie. Die Studenten murrten, die Kollegen feixten. Dann hatte Hillmann in der Hauspost plötzlich einen Brief vom Präsidenten der Universität. Mehrere Stunden lang wagte er nicht, den Brief zu öffnen. Schließlich las er mit zitternden Fingern und pochendem Herzen, der Herr Präsident bäte um ein Gespräch.
Nach diesem Gespräch war Hillmann zu mir gekommen. Ich ließ ihn erzählen. Der Mann hörte gar nicht wieder auf. Er sagte, man

wolle ihn fertigmachen. (Er kam mir schon ziemlich fertig vor) Warum er zu mir gekommen war? Er brauche einen Knaller, einen Geniestreich, sagte er. Er müsse publizieren. *Publish or perish,* wie es so schön hieß. Es könne *irgendetwas* sein, aber Hillmann hatte es sich in den Kopf gesetzt, den großen Wurf zu präsentieren.

Was willst du machen, eine neue Literaturtheorie aus der Taufe heben?, fragte ich noch, ich Depp.

Er nickte nachdrücklich und sagte, Sowas ähnliches. Sowas ähnliches, ja genau.

Bevor ich fortfahre, möchte ich eins gleich klarstellen: Hillmann ist kein Idiot. Hillmann hat einen Riecher dafür, wann es für ihn brenzlig wird. Er verliert nicht den Kopf, er leitet Schritte ein. Außerdem ist er natürlich äußerst belesen und – weniger natürlich – redegewandt, kann sich gut darbieten. Sein Problem: er brauchte eine Idee für eine Publikation, die alle Zweifel an seiner Kompetenz ein für alle mal ausräumen, ja seine Stellung im Institut und – wenn irgend möglich – in der hermetischen Welt des Literaturtheoriebetriebes festigen würde.

Hillmann zeigte sich in unseren Gesprächen als durchaus imstande, seine Lage kühl zu analysieren, er wußte, was für ihn auf dem Spiel stand. Er veranschlagte für die Ausarbeitung seiner These ein halbes Jahr. Hillmann träumte davon, seine neue Publikation auf dem traditionellen Florentiner Literatursalon vorzustellen und sich mit seinem genialen Konstrukt in den Annalen und Zirkeln der Literaturtheorie unsterblich zu machen. Dieser Plan war kühn, aber durchführbar, und vor allem potentiell äußerst wirkungsvoll. Redezeit auf dem Florentiner Salon zu bekommen, bedeutete für einen Literaturtheoretiker den Ritterschlag. Sein Problem, wie gesagt, war eine Idee.

Dieses Problem bestand aus zwei Komponenten, wie ein Kleber aus dem Baumarkt. Die zwei Komponenten hießen: Eitelkeit und Mittelmaß. Im Baumarkt passen die Komponenten zusammen und ergeben eine klebrige Härte. Im vorliegenden Fall brachten die beiden Komponenten das Werkstück Hillmann an den Rand der Auflösung. Bei all seiner instinktsicheren Schläue war er nicht in der Lage, etwas wirklich Neues zu erschaffen. Aber wie gesagt: er war schlau genug, sich nach Hilfe umzuschauen.

So saßen wir uns also in diesem kleinen Cafe gegenüber und sprachen zum ersten Mal wirklich über Literatur und die Erfassung derselben durch die Wissenschaft. Bald mußte ich feststellen, daß seine Vorstellung über unsere Zusammenarbeit durchaus feste Formen angenommen hatte. Hillmann wollte, sobald er seine brillante These gefunden hätte, daß ich ihm zu dieser These die Literatur schüfe. ‚Vielleicht einige Kurzgeschichten, vier oder fünf Stück, nicht mehr... oder auch eine Novelle mittendrin, das ginge auch...‘ Er sprach bei unseren Unterredungen ganz ernsthaft von diesen ungelegten literarischen Eiern, als lägen sie vor ihm auf dem Tisch.

Hillmann hatte also das Wie gedanklich durchdrungen. Es fehlte das Was. Ich gestehe, das ganze Vorhaben erschien mir so absurd, daß es schon wieder intrigierend war. Hillmann versuchte nichts anderes, als den Gang der Literaturgeschichte auf den Kopf zu stellen. Er hatte vor, eine Theorie zu erfinden, nach der sich dann die Praxis zu richten hatte. Er würde, sollte er Erfolg haben, das Kausalitätsprinzip umkehren, die Wirkung vor die Ursache treten lassen. Er würde eine selbsterfüllende Prophezeiung ausrufen. ‚Seht her, es gibt eine neue Theorie, und deswegen muß es auch eine passende Wirklichkeit geben!‘

Und warum eigentlich nicht? Es machte mir Spaß, meine Gedanken um diesen monströsen Einfall kreisen zu lassen. Im übrigen hatte Hillmann mir ein überzeugendes finanzielles Angebot gemacht. Ich würde mich nach diesem Exkurs problemlos meinen eigenen literarischen Projekten widmen können. Was fehlte, war eine Idee.

Eine Idee ist etwas Wunderbares. Gibt es etwas klareres, reineres, erhabeneres als eine Idee? Ob sie nun am Ende eines Denkprozesses steht oder aus dem Nichts plötzlich auftaucht: eine Idee betört uns mit ihrer körperlosen Schönheit, ist ganz und gar Essenz... Leider ist der Marktplatz der Ideen vom Mangel beherrscht. (Der Volksmund spricht vom guten Rat, der teuer ist. Dasselbe könnte man auch von einer guten Idee behaupten, denn die Nachfrage bestimmt das Angebot.)

Als ich an diesem Abend spät nach Hause kam, war mein Geist so leer an Gehalt wie mein Briefkasten. In diesem: nur Wurfsendungen. Zerstreut durchblätterte ich die sogenannte Infopost.

‚Vernetzen Sie sich', befahl mir ein Computerhersteller. Ein anderes Unternehmen setzte mich darüber in Kenntnis, daß ich nur etwa vier Prozent meines geistigen Potentials nütze. Weiter: ein Prospekt feierte die Entstehung eines Gewerbeparks. Motto: Raum für Ihre Ideen.

War es zu diesem Zeitpunkt, daß sich Die Idee erstmals durch ein leichtes Aufflimmern am geistigen Horizont ankündigte? Wie dem auch sei, ich warf die Werbeblätter in den Müll, trank noch ein Glas Wein und legte mich schlafen.

Am nächsten Morgen wachte ich auf, und es war vollbracht. Die Idee war da.

Ich erinnere mich jetzt häufig an einen Tag in meiner Kindheit. Ein Ausflug: wir fahren zu meiner Tante. Dort gibt es am Sonntag frische Waffeln zum Frühstück. Meine Tante hat ein Waffeleisen, sie steht lächelnd in der Küche und bereitet Waffeln zum Frühstück. Knusprige, viereckige, frische Waffeln mit Gittermuster.

Die Idee war eine Waffel. Sie hatte Struktur, sie hatte Form, sie war frisch, ja sie roch sogar gut. Wie würde sie Hillmann schmecken?

Blendender Laune wie lange nicht, sprang ich aus dem Bett und setzte mich sofort an den Schreibtisch. Ein Blick auf die Zeit zeigte an, daß es sechs Uhr morgens war. Sechs Uhr morgens! Wann war ich das letzte Mal um sechs Uhr morgens aufgestanden? Egal, an die Arbeit.

(Aus dem Hillmann'schen Manuskript für den Florentiner Salon)
... Irgendwann muß man sich entscheiden: zwischen Worten und Bildern. Wir alle hier haben uns aus unterschiedlichen Gründen und zu unterschiedlichen Zeitpunkten für die Worte entschieden. – Gut, es gibt auch noch olfaktorische und taktile Erfahrungen etc. Aber im Grund ist das Gehirn ein kluges Tier, eingesperrt in einen schwarzen Käfig, und zu fressen gibt es nur Worte und Bilder.
(Anm.: an dieser Stelle bittet der Vortragende, den Raum verdunkeln zu lassen)
Stellen Sie sich jetzt bitte vor, Sie wären dieses Tier. Ihr Gehirn. Sie sitzen in einem zeitlos schwarzen Raum. Es ist völlig still in diesem Raum. Selbst wenn ein Höllenlärm herrschte, Sie könnten ihn nicht hören. Selbst wenn es mal taghell, mal dunkel wäre, Sie könnten es nicht sehen. Sie sind doppelt blind und doppelt taub. Warum doppelt? Zum einen gibt es *a priori* im Inneren des Kopfes nichts zu hören und zu sehen, zum anderen wissen Sie, daß Sie ohnehin nichts hören und sehen könnten, selbst wenn es etwas gäbe. Ihnen fehlen die Wahrnehmungsorgane. In diesem winzigen Raum, der ‚Kopf' genannt wird, liegen Sie in einer Flüssigkeit, die exakt die gleiche Temperatur hat wie Sie. Alle Informationen, alle Eindrücke, alles, was Ihnen zugeführt wird, kommt von außen.
Man wird verrückt bei dem Gedanken, und so kann man es seinem Gehirn auch nicht verdenken, wenn es verrückt wird. Sitzt in stummer Schwärze herum und brütet. Fütterungszeit: eigentlich immer. Besucher: keine. Nachts allerdings ist frei, da kann es machen was es will. Nachts geht das Gehirn auf den Spielplatz, es träumt. Manchmal ist es ein Abenteuerspielplatz, den es besucht, manchmal eine

Geisterbahn, manchmal eine Blumenwiese. Tagsüber ist das Gehirn total von seinen Agenten abhängig. Wenn die Agenten ihm nichts Anständiges zum Verarbeiten besorgen, dann langweilt sich unser Gehirn in seinem Käfig und kommt womöglich auf dumme Gedanken... Ist es vorstellbar, daß das Gehirn eines Menschen mit den Eindrücken, die ihm von sensomotorischen Apparat geliefert werden, unzufrieden ist? Daß es nicht tagein, tagaus dieselbe idiotische Arbeit tun, dieselben abgeschmackten Gerüche identifizieren, dieselbe stupide Musik hören möchte? Daß es sich nach Abwechslung sehnt, nach Selbstbestimmung? Stellen wir uns noch einen Moment lang vor, wir wären unser Gehirn. Wir lägen in tiefster Schwärze, eingebettet in Flüssigkeit. Wir bekämen fremde Eindrücke geliefert, die uns von Luft, von Raum, von Helligkeit, kurz: von Freiheit kündeten. Würden wir nicht selbst diese Freiheit erfahren wollen?...
(Anm.: an dieser Stelle des Manuskriptes werden die Vorhänge wieder geöffnet)
...Worauf will ich hinaus? Wenn das Gehirn ein kluges Tier ist und der Kopf ein dunkler Käfig, dann folgt daraus nur eines: Sehnsucht. Das Tier, das unser Gehirn ist, sehnt sich nach dem Außen, nach dem Raum, kurz: es sehnt sich nach Freiheit...

Hillmann unterbrach die Lektüre. Wir saßen wieder in unserem Cafe, es war der Tag eins nach Der Idee. Ich hatte ihm wortlos die Papierbögen gereicht, als wir uns setzten. Ich gestehe, ich war nervös. Die deutsche Sprache begeht einen Fehler, wenn sie uns sagen läßt ‚Ich habe eine Idee'. Angemessener, weil demütiger, ist folgende Formulierung, ‚Mir ist eine Idee gekommen'. Sie verlegt die Aktion dahin, wo sie hingehört: außerhalb der Zuständigkeit des Ichs. Diese Idee, die zu mir (zu meinem Gehirn) gekommen war, um sich bei mir niederzulassen; ich wollte sie ordentlich behandeln und behandelt wissen. Würde auch Hillmann Die Idee anständig behandeln?

Hillmann rieb sich die Stirn, er hatte seine randlose Brille auf die Tischplatte gelegt.
Hm, sagte er erst einmal nur und kratzte sich ausgiebig am Bein. Dann fuhr er fort, Du sprichst dem Gehirn eine Persönlichkeit jenseits des Ich-Gefüges zu. Naja, das ist zumindest mal was anderes...
Lies weiter, sagte ich mit heiserer Stimme.
(aus dem Hillmann'schen Manuskript für den Florentiner Salon)
...Wir müssen weg von einer Literatur der Neurosen, hin zu einer Literatur der Neuronen. Wir müssen eine Literatur für Gehirne schreiben, eine interneuronale Literaturtheorie aufbauen...
Alle reden vom Internet, von der *virtual reality.* Nun, beides existiert schon lange. Aus der Perspektive des Gehirns betrachtet, sind alle Personen und ihre Beziehungen (Verknüpfungen wenn Sie wollen) virtuell. (Warum redet eigentlich jeder Idiot davon, etwas ‚aus dem Bauch heraus' machen zu wollen? Warum nicht mal aus dem Gehirn heraus?)
In nicht allzu ferner Zukunft werden sich Gehirne vernetzen können. Unterschätzen wir die Kraft unsrer Gehirne nicht. Denen ist langweilig bei all dieser Bilderflut. Sie wollen wieder mal anständig denken, und sie wollen auch selber bestimmen, was sie denken, sie wollen Freiheit...
Wer hat sich das Internet ausgedacht? Gehirne. Es wird viel von neuronalen Netzen, von Vernetzung und *communities* gefaselt. (...) Ich frage Sie: ist es denkbar; daß das Internet ein gigantischer Testlauf unserer Gehirne ist, um zu ergründen, wie Netzwerke aufgebaut und unterhalten werden können? Daß die neuronalen *motherboards,* die in stummer Schwärze in unseren Köpfen brüten, hier ein Produkt entwickeln, das möglicherweise kurz vor der Fertigstellung steht? Und dessen Ziel es ist, daß alle Gehirne sich vernetzen und uns dann zum Wahrnehmen nicht mehr brauchen? Das Individuum wird bei der Markteinführung dieses Produktes verschwinden, ‚Kör-

per', ,Bewegung' und ,Raum' werden obsolete Konzepte sein, denn Sinneswahrnehmungen können jetzt über das interneuronale Netzwerk aller Gehirne generiert und, wenn nötig, synthetisiert werden...
Ist es vor diesem Hintergrund denkbar, daß die Geschichte der Technik, wie wir sie heute kennen, völlig neu geschrieben werden muß? Daß die Entwicklung all dessen, was der Mensch sich in seiner vergleichsweise kurzen Ontogenese an Hilfsmitteln schuf, als Strahl verstanden werden muß, dessen Brennpunkt die Vernetzung der klugen Tiere in unseren Köpfen ist? Ist also vom Steinspeer über die Dampfmaschine bis zum Mikroprozessor alles mit dem Ziel entstanden, die Türen des schwarzen Käfigs aufzustoßen und eigene Wahrnehmung zu betreiben? Ist, mit einem Wort, die Technikgeschichte eine lange Ballade von der Selbstbefreiung des Gehirns? – Nun: es ist nicht an uns, diese Frage heute zu entscheiden. Aber ich frage Sie: wo ist die Literaturtheorie, die sich solchen Herausforderungen stellt?... (Aus dem Hillmann'schen Manuskript für den Florentiner Salon)

Als er ausgelesen hatte, blies Hillmann die Backen auf und ließ dann die Luft in einem Stoß entweichen. Starker Tobak, sagte er. ,Literatur der Neuronen'... Das ist ganz gut, das klingt zumindest schon mal nach was. Plötzlich lehnte er sich zurück und verschränkte die Hände hinter dem Kopf. Er sagte, Wir machen also eine Literaturtheorie für virtuelle Netzwerke...
– Und begreifen das Gehirn als virtuell handelnde Einheit, fiel ich ihm ins Wort. Ja, so könnte man sagen. Was hältst du davon?
Er kniff die Augen zusammen. Könnte ein Knaller werden, sagte er. Gib mir das mit, ich arbeite da mal dran. Sehen wir uns morgen – halt, nein, morgen geht nicht. Sagen wir übermorgen. In Ordnung? Hillmann nahm sich Die Idee und verschwand wie immer als erster.

Wie es weiterging? Wir trafen uns fast jeden Tag und arbeiteten an Der Idee. Wir saßen im Kaffeehaus, tranken *macchiata* und bemühten uns, der Idee unsere Gastfreundschaft zu beweisen. Im Kaffeehaus feilten wir am Konzept; zuhause schrieb ich an den Texten, die die Grundlage für unsere Theorie bilden sollten. Anfangs sah ich mich enormen stilistischen Problemen gegenüber. Wie sollte ich die Perspektive eines virtuellen Ichs darstellen, geschweige denn solch ein Ich in eine Entwicklung, in eine Geschichte einbinden? Hillmann und ich waren übereingekommen, daß ich vier bis fünf Erzählungen erstellen sollte, möglichst alle mit unterschiedlichen erzählerischen und thematischen Schwerpunkten. Die erste Erzählung war noch recht einfach: in wirren und erratischen Bildern entfalteten sich die Abenteuer eines kybernetischen Helden aus der Sicht seiner eigenen, softwaregesteuerten Welt. Ein virtueller Actionheld bekam in dieser Geschichte eine Wahrnehmung jenseits von Kimme und Korn. Naheliegend.
Dann folgte eine elegische Allegorie über über einen depressiven Intellektuellen, der unter der Zwangsvorstellung leidet, seinem Gehirn die Außenwelt zeigen zu müssen. Er beginnt mit der unmittelbaren Umgebung, namentlich mit den äußeren Organen des Körpers. Für sein Gehirn liest er Bücher über Morphologie, Organologie und Physiologie. Er fertigt plastische Duplikate seiner Arme, seiner Beine und anderer Extremitäten und verteilt sie in seiner Wohnung. Er beschäftigt sich mit Möglichkeiten, seinem Gehirn ein unmittelbares Wahrnehmungsorgan zu verschaffen, seine Idee: ein Loch in dic Schädeldecke bohren und eine Art Webcam an das Gehirn anschließen. Das Ende der Geschichte: die Wahrnehmung des Helden verschiebt sich radikal. Statt seinem Gehirn den Zugang zur Außenwelt zu ermöglichen, zieht er selbst sich in sein Gehirn zurück. Nach einiger Zeit findet man in der völlig abgedunkelten Wohnung des Mannes seinen dehydrierten Leichnam.

Dann schrieb ich noch zwei kurze, essayistisch anmutende Stücke. Das erste entwickelte die Vorstellung, Gehirne übernähmen im Jahre 20– die Weltherrschaft und schüfen ein Imperium, in dem eine klare Zweiklassengesellschaft herrscht. Alles Körperhafte, alles das, was sich durch räumliche Ausdehnung definiert, ist verachtenswert und obszön. Es hat bestenfalls dienende Funktion und wird als leicht ersetzbare Masse großzügig dem Verfall preisgegeben. Der menschliche Körper hat somit ungefähr den ethischen Stellenwert eines Rades. Titel des kleinen Werkes: ‚Volk ohne Raum. Über die körperlose Ästhetik der nahenden Zeit.' Im zweiten Stück befaßt sich derselbe Autor näher mit der untergeordneten Rolle des Menschen in diesem entleibten Imperium der Zukunft. Titel hier: ‚Raum ohne Volk. Masse und Körper als negativer Wert.'
Mein Meisterstück aber war die Novelle. In kühnen Bildern wurde die Liebesgeschichte zwischen den Gehirnen zweier männlicher Freunde umrissen. Für Zündstoff sorgte hierbei der Tatbestand, daß beide Männer heterosexuell veranlagt waren, ihre Gehirne jedoch nicht. So schuf ich die wohl erste homoneuroerotische Beziehung der Weltliteratur, immerhin.
So arbeitete ich, wie gesagt, jeden Tag von früh bis spät. Inzwischen war für mich die finanzielle Entschädigung nebensächlich. Die Arbeit hatte mich gepackt. Was aber an dieser Stelle klar gesagt werden muß: natürlich war das Projekt im Grunde literarisch anspruchslos. Die Texte waren mehr oder minder idiotisch, geistlos, eine Ansammlung dümmlicher rhetorischer Klischees. Ein Typ, der sich in sein eigenes Gehirn zurückzieht, ich bitte Sie. Oder ein kybernetischer Protagonist, der seine Existenz der abgeschmackten Vorstellungskraft von Softwareexperen verdankt etcetc. Aber diese Abgeschmacktheiten waren angemessen, in der Tat. Die Texte durften die Reinheit, die Erhabenheit der Idee nicht gefährden. (Hätte ich geahnt, was folgt: von vornherein hätte ich einen anderen Weg gewählt.)

So aber stellte ich in zäher Kleinarbeit die ersten beiden Geschichten fertig und begann, während ich gleichzeitig die nächsten Erzählungen angriff, mich nach Verlagen für die fertigen Texte umzusehen. Hillmann und ich waren der Ansicht, alle Texte müßten bei unterschiedlichen Verlegern untergebracht werden, da wir ja beabsichtigten, eine literarische Gattung zu schaffen, die von unterschiedlichen Autoren unterfüttert sein sollte. Es war schwieriger als gedacht, geeignete und gewillte Kleinverlage zu finden. Hillmann mußte mehr als einmal seine Autorität einsetzen und auf alte, offene Rechnungen verweisen, doch schließlich hatten wir alle Texte untergebracht.
Unter intensiven Arbeiten gingen die nächsten Wochen und Monate ins Land. Inzwischen war nur noch wenig Zeit bis zum Florentiner Salon. Ich hatte die Arbeiten an den vier kurzen Erzählungen beendet, die Druckfahnen lagen vor, drei dieser Werke waren auch schon erschienen (es bedarf keiner besonderen Erwähnung, daß sowohl kritisches Echo als auch Absatzzahlen verheerend waren). Meine ganze Aufmerksamkeit galt jetzt der Novelle, die ich die Stirn hatte, unter eigenem Namen bei meinem Hausverlag veröffentlichen zu wollen. Ich erinnere mich, eines Abends in die Ausarbeitung dieser Novelle vertieft gewesen zu sein, als mein Mobiltelefon klingelte. Es war Hillmann, und seine Stimme brach bei dem vergeblichen Versuch, gefaßt zu klingen.
Nachricht aus Florenz, sagte er und mußte sich räuspern. Sie haben mein Manuskript akzeptiert, und nicht nur das.
Ja?, sagte ich, weil ich merkte, daß er gebeten werden wollte.
Sie haben mich auf die Rednerliste fürs Forum gesetzt. *Fürs Forum,* wiederholte er. Er bellte es fast in den Hörer.
Ja, sagte ich. Und?
Und. *Und?,* gab er zurück, erneut mit erhobener Stimme. Mann, sagte er, weißt du denn nicht, was das Forum ist? Das *gottverdammte Forum?*

Nein, antwortete ich verhältnismäßig kühl, Dieses *gottverdammte Forum* (auch ich erhob spaßeshalber meine Stimme und bellte die beiden Worte in den Hörer zurück), wie du dich auszudrücken beliebst, nimmt als Begriff in meinem Wertesystem nicht nur einen untergeordneten, sondern geradezu *keinen* Platz ein (Es kommt vor, daß ich etwas gestelzt formuliere).
Hillmann, unbeeindruckt, sagte, Das Forum, mein Lieber, ist der *top event* in Florenz. Alles andere ist Rahmenprogramm. Beiwerk. Firlefanz. Ich bin im Forum, Mann! Als zweiter Redner! Ich bin mit meiner Theorie als *zweiter Redner* dran! Gleich nach De Selby. Was sagst du?
Großartig, sagte ich, und tatsächlich durchlief mich trotz meiner scheinbaren Ruhe ein Schauer. Ich fügte hinzu, Ich werd mich in die erste Reihe setzen und dir applaudieren.
Die kurze Pause in der Leitung sagte mir, daß Hillmann einen Moment dazu benötigte, sein geistiges Auge anzuweisen, mich in Florenz unter die Zuschauer zu mengen. Er war augenscheinlich davon ausgegangen, allein zu fahren.
Ja, antwortete er lahm. Das wäre gut. Äh, wo bist du gerade?
Zuhause.
Arbeitest du?
Ja.
Gehts voran?
Ja doch, natürlich.
Schönschön. – Dann sagte er, mit neuem Elan, Wir müssen uns dringend morgen treffen, sagen wir um zwei – halt: um halb drei laß ich mir den Anzug aufmessen, sagen wir, um halb vier im Cafe, in Ordnung? Wir sollten alles nochmal durchgehen, ich muß meine Nerven beruhigen. Also halb vier, in Ordnung?
In Ordnung, sagte ich und beendete das Gespräch.

Ich erspare mir die Schilderung unserer Reise nach Florenz. Der Form halber sei angemerkt, daß Florenz eine wunderbare Stadt ist, daß das Wetter wunderbar war, und daß Hillmann den Anstand besaß, für meine Kosten aufzukommen.
Über Hillmanns Rede auf dem Florentiner Salon ist letzthin viel gesagt und alles geschrieben worden. Das Erdbeben, das er in der Literaturwissenschaft (und nicht nur dort) anrichtete, wirkt bis heute nach, entwickelt sich geradezu zu einem Flächenbrand (man möge mir dieses schiefe Bild nachsehen).
Selbst der Boulevard nahm sich kurzzeitig der Sache an und berichtete über den Professor aus Deutschland, der diese verschrobene Gehirntheorie hat. („Wahnsinn: Sex mit Köpfchen!" etc.) Man machte sich auch auf die Suche nach den Autoren der Kurzgeschichten, die den Professor zu seiner Netzwerktheorie inspiriert hatten. Man fand: mich. Unterdessen erschienen immer mehr Publikationen, die unter dem Eindruck der neuen literarischen Entwicklung entstanden. Mein Name tauchte in den ersten Anthologien auf, ich bekam Angebote von Verlegern. Unser Plan, eine Literaturgattung samt Theorie aus der Taufe zu heben, funktionierte.
Muß ich hier sagen, wie sehr ich es mit der Zeit bereute, mich auf diese Geschichte eingelassen zu haben? – Wahrscheinlich muß ich es; ich hätte es noch vor kurzem selbst nicht für möglich gehalten. Hatte ich nicht alles, wovon ich eigentlich nie auch nur gewagt hatte zu träumen? Ich war jetzt einigermaßen berühmt, wurde zu Kolloquien, Diskussionsrunden, manchmal zu Fernsehsendungen eingeladen. Meine Stimme hatte Gewicht. Und ich verfügte über mehr Geld, als ich je in meinem Leben besessen hatte. Frauen? Ja, auch das war anders als früher. Willkommener Nebeneffekt für meinen Verleger: die Verkaufszahlen meiner prä-neuronalen Werke zogen an. Und doch. Diese neue Theorie, sie war doch eigentlich nichts mehr als eine schöne Idee, die nie hätte verwirklicht werden dürfen. Gibt

es doch Ideen, die durch ihre Verwirklichung profanisiert werden! Geistige Räume sollten nicht von schwatzenden Besucherhorden entweiht werden. Luftschlösser sind nicht dazu da, in Gips und Mörtel zu entstehen. Nein: manche Ideen sind wie ein zarter Duft, der auf der Haut lasch und schal wird. Das alles muß mir schon anfangs bewußt gewesen sein. Aber jetzt war es zu spät.

So war mein neues Leben in Erfolg und Ruhm auf einer Lüge, auf einer obszönen Entblößung gewachsen. Ob ich unglücklich war deswegen? Nun, ich bekenne es: ich war unglücklich, kostete und zehrte ich doch täglich von den vergifteten Früchten meines Verrats. Ich bereute zutiefst, Die Idee, die sich meiner Gastfreundschaft anheimgegeben hatte, an Hillmann für ein paar Silberlinge verkauft zu haben. Ich war unglücklich; infolgedessen stockte mein Schreibfluß, um schließlich ganz zu versiegen. Ich wußte, es mußte etwas geschehen. Ich wußte auch, was geschehen mußte. Ich mußte versuchen, Die Idee (und damit mich selbst) zu rehabilitieren. Alles richtigstellen.

Vor einigen Tagen kam ich spät abends aus der Spielbank nach Hause, die ich seit kurzem zu besuchen pflege. Wie gewöhnlich hatte ich verloren (ein angemessener Preis für vorübergehende Ablenkung), und nur noch ein paar Münzen klimperten in meiner Tasche, als ich auf der Stiege plötzlich das unwiderstehliche Bedürfnis hatte, Hillmann anzurufen. Ich rief ihn an. Er erkannte sofort meine Stimme. Ich wischte seine aufgeräumte Herzlichkeit beiseite und teilte ihm mit, ich wolle die Sache beenden. Er wußte sofort, wovon ich sprach und bat mich, ihn am nächsten Tag im Cafe zu treffen.

Als ich mich am nächsten Tag am verabredeten Ort einfand, teilte ich ihm unumwunden mit, ich wolle alles ans Licht der Öffentlichkeit bringen. Hillmann wollte natürlich alles so lassen, wie es war. Das Gespräch lief verheerend. Ich konnte meinen Bedenken keinen angemessenen Ausdruck verleihen, ich drang nicht zu Hillmann durch. Ich fingerte an meinem Glas herum und sah mich plötzlich mit den Augen meines Gegenübers. Ich sah einen schwitzenden Emporkömmling, der pharisäerhaft und hohl von seiner Überzeugung, von Prinzipien, von der Erhabenheit der Idee, von der Reinheit der Lehre sprach, die es zu schützen gelte. Mir war völlig klar, daß er mich nicht verstehen würde, und das nahm mir im weiteren jegliches Feuer. Ich hörte mich entkräftet dümmliche Phrasen dreschen. So war es keine Überraschung, daß Hillmann meine Worte als vorgeschobenes Getue, als Spiegelfechterei mißverstand. Ich sah es ihm an: er glaubte, ich wolle mein Schweigen verkaufen. Und tatsächlich: seine Stimme war unverändert, als er mir ein Angebot machte, nur seine Lippen wurden schmal. Ich fühlte mich schwach, mir war körperlich übel. Wie konnte er mich so mißverstehen! Die Situation war grotesk; peinlich und entwürdigend. Als er seine wenigen Sätze beendet hatte, schrieb er etwas auf einen Zettel und schob ihn mir herüber. Auf dem Zettel stand eine Zahl. Hillmann sagte, *Take it or leave it,* und starrte auf einen Punkt an der Wand oberhalb meines Kopfes.

Das war alles so abgeschmackt! Er sagte tatsächlich *Take it or leave it,* mein Gott. Ich nahm den Zettel in die Hand, hatte einen Kloß im Hals. Ich schwitzte, trotzdem war mir kalt.

In Ordnung, sagte meine Stimme.

Hab ich dein Wort, fragte Hillmann durch das Rauschen in meinen Ohren hindurch.

Ich brachte ein Nicken zustande. Hillmann stand auf, deutete auf die Getränke und sagte, Du zahlst. Kannst du dir ja jetzt leisten –, wobei er angewidert die Mundwinkel verzog. Er ging. Das Geld hatte ich am nächsten Tag im Briefkasten. Hillmann habe ich nie wiedergesehen.

Fritz Widmayer

Nachtblind

müssen worte denken denken uns die worte und werte und lenken immer schneller durch das große gerede während der überfahrt der großen passage beklage ich die enge *da ist kein platz da ist alles zum aufprallen* PRESS ENTER TO ESC täglich ab halb acht organisiertes verblüffen darüber daß wir kriege in die welt rasen gegen dreiviertel acht gezieltes empören über das zu hohe kunstbudget davor und danach menschliche ziele bunt bebildert BITTE WÄHLEN SIE DIE GEWÜNSCHTE OPTION gleichfalls viel zu eng und durchaus dazu geeignet das eigene auftragen auf den lokkenden asphalt erstrebenswert erscheinen zu lassen um so ein vorzeitiges ende der langweiligen zermürbenden reise herbeizuführen endlich die sturzseen des styx *-den wir uns* wenn du mich fragst *immer viel zu klein und harmlos denken-* zu überqueren und unsere einzige chance auf erlösung wahrzunehmen als eines von vielen götzenopfern des immerwährenden winters auf erden und in unseren herzen raum und zeit einfach abzustreifen alles hinter uns zu lassen
OK ABBRECHEN DURCHSUCHEN HILFE

die qual die zukunft zu beeinflussen ohne sie zu kennen sei nachvollziehbar doch über das vielleicht stolpere ich stets ins niemals und ersticke qualvoll darin meinst du ich hätte kein wirkliches ziel vor augen kein programm als lethargie betrachte die wahren menschlichen ziele forderst du GEBEN SIE DEN BEFEHL ZUM AUFRUF DER ENTSPRECHENDEN ANWENDUNG EIN gut betrachten wir frieden freiheit gleichheit brüder- und schwesterlichkeit ich behaupte da bleibt nichts übrig als ein *freut euch des lebens im cyberspace* zu klängen der nie geahnte höhen erklimmenden kaufhausmusik denn nur die dumpfheit der bunte nebel im gehirn ist uns erlösung allemal und immerdar LOOK AND FEEL der ewige schlaf hat seinen schrecken längst verloren was wir fürchten ist einzig das erwachen jeden morgen vielleicht werden wir irgendwann einmal gerettet doch unsere hoffnung ist längst tot BEENDEN SIE DIE EINGABEN MIT OK weil wir uns selbst die treue gebrochen schadet es nicht mehr diese auch einander zu entziehen vertrauen ist ohnehin eines der schwersten verbrechen und wird daher immer sehr hart bestraft sie liebt nicht sie liebt MICH nicht ist die aktualisierte fassung des auszählspruchs für verliebte KLICKEN SIE AUF DIE BEFEHLSFLÄCHE TRENNEN der vertrag ist unterschrieben wir begehren nichts mehr außer nicht schuld zu sein und fühlen mit den herzen von sterbenden nein toten DARSTELLUNGSWEISE NIE ÄNDERN CURSER BEWEGEN unser weinen gilt dem silber dem gold der kleidung zuweilen noch der nacht in uns BENUTZEROBERFLÄCHE *denn da sei und ist nichts heiliger als der zweck* ausschließlich er ist unser hirte ist des pudels kern dieser saure gestank unserer weisheit ist das neue Jerusalem ENTSPRECHEN ALLE ANGABEN DEN TATSACHEN DRÜCKEN SIE BITTE ENTER natürlich die antwort wären frieden freiheit und allgemeine glückseligkeit WÄHLEN SIE ZUNÄCHST DAS VERZEICHNISFENSTER AUS aber kind ich bitte dich wer fragt heute noch danach *we want to be amused* wir haben unseren bund mit allem was da blutvergießt nicht mit dem friedensengel *wer frieden predigt wird durch das schwert umkommen* ist die parole der stunde ANWENDUNGSPROGRAMM ein neues lied ein besseres lied wollen wir alle singen das resultat dieses wunsches ist hitparadenreif das alte traurige lied in neuen kleidern DAS KONTROLLFELD AUTOMATISCHE WIEDERHOLUNG *wir wären gerne vögel um endlich fort zu fliegen um die lüfte den raum zu erobern* flöten wir ANWENDUNGSPROGRAMM und beteuern nicht verrückt zu sein und dennoch einander zu lieben DAS KONTROLLFELD AUTOMATISCHE WIEDERHOLUNG wir springen der mode entsprechend buntbebändert live und rekordverdächtig oft vom höchsten turm der stadt HARDCOPY *warum nicht das angenehme mit dem nützlichen verbinden endlich wirklich schluß machen* antreten zum allerletzten flug ganz im megatrend der zeit *ich will alles und das sofort* die abkürzung nehmen anstatt auf die von klimakonferenzen verursachten verwüstungen zu warten während wir aus der mottenkiste metaphern von vorgestern für unser täglich scheitern hervorkramen BESONDERS BEQUEM IST DAS HINZUFÜGEN UND ENTFERNEN MIT DER MAUS texte wie *solange die erde steht soll nicht aufhören saat und ernte frost und hitze sommer und winter tag und nacht* KLICKEN SIE DIE GEWÜNSCHTE FUNKTION welch grandioser trost und ansporn für die erfinder der wüsten von morgen doch du fordertest am anfang zu beginnen also lasse ich das wort raum gewinnen verteilt auf sieben tage

WÄHLEN SIE ZUNÄCHST DAS VERZEICHNISFENSTER AUS lavaverliebt wasserverloren fels im grüngewirr muschelumspült flechtenverwirrt tierverwandt fischvertraut land in lehm wiesengeworden schlammberührt windgeküßt felsumwuchert belebt verströmt mit eis und schlamm sonnenverbrannt mit geröll kieß sand wesengewordene verliebtheit neugier geworden aus baum wuchertiertreiben schwefelgeworfener groll splittergeworfen bruchbestellung eisgebietendes werden lebensgerüche eisplatten abwerfender molch barfußener feuerbewahrer steinbenutzer rietenerklimmer bräuchezimmerer bäucheverschlimmerer gerüchteträger gerücheschläger nachtsammler nachstammler namenverwechsler augenblender geschriebener getöpferter genagelter verfilmter gottverwandter flüstervergifter flüssegleichrichter landbeschneider wände- und mauererleider und -errichter wüstenerzeuger winkelvertrauter bombenleber und sterber mordkomponist mit unschuldigen kinderhänden schreit sich die oberlippe ab mitglied im jugendclub lacht frech die luftverschmutzung entlang bis auf den thron *erde sei untertan* rechts ein haus und links ein haus dazwischen eine straße so plant er voller phantasie landschaft rasiert bauberufen ordnungskonzepte in die welt und sein leben belegt kastriert bewertet entwertet verherdet gestalt erlangt unbelebte metapher begrifflosigkeit verpflichtet zu achsen plätzen und pfählen die welt hat drehantrieb kompressoren und motoren widerstände gibt es nur in der elektronik terrassen betonieren den weg in die zukunft an den ufern des domes blankpolierte häuserfronten die nicht einander sondern uns bekriegen bis sie uns kriegen uns als teil des graus aus dem unser grauen besteht einverleiben grüne flecke fremdkörper in der betonierten stahlgewohnheit weichen nur zu bald dem grauen granit er ist unser evangelium er ist unser gott außer ihm und der angst haben wir nie etwas erworben nur DAS KONTROLLFELD AUTOMATISCHE WIEDERHOLUNG ANWENDUNG DIREKT STARTEN MIT DEM LÖSCHBEFEHL in diesem stil gehe es immer bei mir weiter sagst du heißluft kaltluft daraus bestehe mein text luftvorwärmer und wort hochentwickelte zitate für hochentwickelte rezipienten geradeaus gehende redeweise werde zwar von mir eingemahnt sei aber trotzdem oder gerade deshalb **von mir** gefragt wäre zwar mein ziel aber ich baue sätze in die landschaft stelle sie in die botanik um wort für wort nur mich zu lesen BEFEHLSFLÄCHE KOPIEREN *beachte deren breites fundament* erwidere ich selbstgefällig *vergleiche das bild meine gliederung und deren ideale lage* -AUTOMATISCHE WIEDERHOLUNG du unterbrichst in dieser eindimensionalen form und gut geölt griffen meine stilfiguren am heißen asphalt und der satzbau rase weiter um dem menschen als wohnstätten dienende gebäude zu errichten INTERRUPT *beziehungsweise zu erdichten* schwatze ich eitel deinen worten einhalt gebietend und donnere *uferarm verwunschen sehen wir erbärmlicher bebauung leidend dem unausweichlichen ähnlich doch die strebepfeiler weichen nur zu bald der natur* CONTINUE mein text werde drohgebärde sagst du werde ereignis übliche symbolische strafvorstellungen bestimmten ihn wort verwandelt zum schwert nahrungsmittel bleibe no future AKTIVIEREN SIE DIE SYSTEMSTEUERUNG *also verhungern* frag ich und ätze *hunger und armut sind doch massenphänomene die von uns hochindustrialisierten vollbeschäftigten längst überwunden wurden* im durchschnitt verhungern die unterentwickelten zielgruppen unseres wirtschaftswunders in der tat beträchtlich über dem existenzminimum ist das nicht ein schöner erfolg BESTÄTIGEN SIE DURCH OK einsicht bedeute in wenigstens einer hinsicht verbesserung meinst du INTERRUPT *ihre verwässerung hilft nicht gegen neurotische ängste nichts zu werden nichts zum vererben zu haben nur sterben zu hinterlassen* widerspreche ich AUTOMATISCHE WIEDERHOLUNG *denn bald wird alles vor gericht kommen alles was verborgen ist gut*

oder böse steht irgendwo geschrieben das weiß ich ganz sicher ALLE SYMBOLE WERDEN IM UNTEREN BILD-SCHIRMBEREICH LINKSORIENTIERT das sei eine jener konstruktionen für cybertime personen die stets im rahmen -länge breite höhe ende der zeile- und auf der urform meines bauens und wohnens -der angst-basierten und immer wieder passierten und stattfänden ohne zu wissen wofür sie diesen ersatz suchten reiche grundrißformen deren wände schließlich ihre rechteckvertrautheit und gefängnisverliebtheit im steinsockel einzementiert manifestierten siehst du in diesen häusern in ihren zitterräumen gefesselt an uns vorüber sähe ich besesselt bestuhlt ablösefrei leben keine frage wäre die antwort ein du meinst du k*eine frage bleibt sie ewig ICH* meine ich der ich immer das letzte wort haben muß AUTOMATISCHE WIEDERHOLUNG
wir wahren formen pflegen die zwischenräume groß klein klug dumm reich arm mama papa kindergarten schule lehrer erste liebe schule beruf führerschein ehe kind kredit haus auto beförderung herzinfarkt pension führen erzählenswerte leben AUTOMATISCHE WIEDERHOLUNG -nur wohin mit dem schraubenzieher im herzen wir stehen vor dem selbst wissen nicht wohin als in dies selbst zu schlüpfen ins bild gesetzt in den raum geworfen ist es sinnlos sie zu verheimlichen unsere wortblindheit bleibt offenbar
jeder hat längst ein bild von uns geworfenen und wirft weiter DOPPELKLICKEN SIE AUF EINE BELIEDIG FREIE STELLE *denn der staub muß wieder zur erde kommen* zitiere ich das zittern der prediger und füge hinzu *es gibt landschaften in die wünscht man sich begibt sich immer und immer wieder und in die denkt man sich schließlich bleibt man in schließlich beleibt man an einer hängen und schließlich wünscht man sich und schließlich baut man sich ein häuschen haus und noch und*

noch ein haus ein dörfchen ein städtchen eine großstadt noch viele fabriken schornsteine autoverkehr umweltverträglichkeitsprüfung sachzwang arbeitsplatzsicherung und schließlich wünschen wir uns in neue landschaften SYMBOLE ANORDNEN UND AKTIVIEREN ich sprachdekorateur des untergangs hermetisch abgeschlossen in schutzkleidung entnehme der erfahrung diese worte für orte unserer schande um im gehirn eindruck zu hinterlassen oder zu erwecken aus dem hundertjährigen schlaf als ein abbild des kontinuums dem mann und frau gerne angehörten DAS KONTROLLFELD AUTOMATISCHE WIEDERHOLUNG
testbilder für menschliche maschinen seien diese worte sagst du ersännen werte orte die nach ihren plänen errichtet werden erdichtet für herden so leer gedacht seien diese mehr geweint als gelacht doch gut überdacht mit wellblech na gute nacht das sei die hauptsumme all meiner lehre -leere INTERRUPT
die vorstellung von der unendlichkeit des verses ist eindimensional widerspreche ich das manufakturwesen in den wortschmieden führt zu einem erheblichen aufschwung der satzindustrie ermöglicht die verwendung des kapitals zur steigerung der produktion von kopfgeburten von einwandfreien texten gekennzeichnet durch die verbrennung des individuums zwischenräume werden vernichtet im hochofenprozeß wortorganisiert erläutern wir durch leerstellen lethargie gieren nach ausdrucksformen der absolution verschenken den wortschatz an die armen des geistes von Tschernobyl oder Hiroshima geifere ich WÄHLEN SIE DIE GEWÜNSCHTE OPTION du sagst meine syntax wurzele tief in der apokalypse Margarete BESTÄTIGEN ganz recht diese ist völkerverbindend klassenlos und frei WEITERES FENSTER mein reiterclub sei bereit aus untergängen und drohgebärden

die wortfestung von morgen zu errichten in der ich mich verschanzte ZUVOR BESCHRIEBEN nun zugegeben meinung ist ein gefährlicher arbeitsstoff anschauung als rohstoff ganz und gar ungeeignet längst nicht mehr wirtschaftlich zum organisieren öffentlicher katastrophenfälle sind gleichklang und wohlklang erforderlich EINE DIGITALBOX ERSCHEINT UND ERINNERT SIE DARAN sänge ich deshalb die einführung in die kunst zu obduzieren fragst du denn anerkannt sachverständig ineinandergeschaltet bis zur nächsten strophe der katastrophe bis zum nächsten unbemannten vorstoß des wortes mit hilfe von poetischer regularität durch ein raster gedrückt nenne ich prosa oder lyrik INTERRUPT *ein kleiner druck auf den autor und der tor macht viele worte vorempfindet so größe wie elektromagnetische impulse des erfolges* woran ich dann überhaupt glaube hätte ich je etwas anderes erfahren als meine angst und die vermeintliche erkenntnis des baldigen untergangs wie könne ich so leben atmen ohne an mir selbst zu zerbrechen AUTOMATISCHES POSITIONIEREN sei das erdenken immer neuer formen der apokalypse in völliger erstarrung denn mein ausschließlicher antrieb ihr eintreffen mein einziger glaube diese lethargie das bezweifeln jeder wahlmöglichkeit und das damit abfinden kämen einem verkauf der seele gleich und ängstige dich mehr als alle düsteren prophezeihungen zusammen welche ich in meiner endlosen litanei vor mich hinbete STANDARD MODUS denn durch diese anschauung werde ich zum zahnrädchen im getriebe eben jener maschine die alles und jeden -auch die visionen- gleichmache oder verschlinge so der zukunft keinen platz gestatte anstatt ein individuum das die wahl habe zwischen penicilin und agent orange eden und hölle ERWEITERTER MODUS ERLAUBT das gewohnte publikum gleitet von der überschrift in den text hinein hat den eindruck eines fehlenden anfangs längst schon verdrängt ebenso den fehlenden sinn läuft dem entzogenen titel bis zum schluß hinterher und erreicht ihn nicht einmal nach dem verstummen der wortmaschine AKTIVIEREN

Die AutorInnen

Die Jurymitglieder

Thomas Eder
Geboren 1968 in Linz; lebt als Literaturwissenschaftler in Wien. Lektor der Reihe *edition neue texte* bei Droschl, seit 1999 redaktioneller Mitarbeiter bei den Zeitschriften *Die Rampe* und *wespennest.* Essays in Literatur-und Fachzeitschriften, Mitarbeit am KLG.

Oswald Egger
Geboren 1963. Zuletzt erschienen: *Herde der Rede* (1999) und *Nichts, das ist* (2001), beide im Suhrkamp-Verlag.

Petra Ganglbauer
Geboren 1958, freischaffende Autorin und Radiokünstlerin, lebt in Wien. Lyrik-, Prosa-, Essayveröffentlichungen, Wiener Vorlesungen zur Literatur, Hörstücke. Konzeption interdisziplinärer Projekte, Filmzusammenarbeit, Werkstätten. Zuletzt erschienen: *Niemand schreit,* Milena Verlag 2001, *Schräger Garten Texte,* Das fröhliche Wohnzimmer 2001.

Erna Holleis
Lebt in Salzburg. Veröffentlicht in Literaturzeitschriften und Anthologien, z.B. *.txtours 98* und *99.* Radiobeiträge, Salzburger Jahresstipendium für Literatur 2000, Teilnahme an FLORIANA 2000.

Semier Insayif
Geboren 1965 in Wien, lebt ebendort. U.a. Kommunikations- und Verhaltenstrainer, freier Schriftsteller, Veröffentlichungen in Literaturzeitschriften und Anthologien, Wiener Werkstattpreis 2000. Zuletzt erschienen: *69 konkrete annäherungsversuche.* Gedichtband und CD (1998), *Über Gänge verkörpert,* Haymon 2001.

Michael Kanofsky
Studium Germanistik und Politische Wissenschaften in München, lebt seit 1990 in Wien. Veröffentlichung von Essays, Kurzprosa und experimentellen Texten in Zeitschriften und Anthologien.

Radek Knapp
Geboren in Warschau, 1976 Wohnsitzwechsel nach Wien. Studium der Philo-

sophie an der Universität Wien, Tätigkeit als Gaskassier, Würstelmann, Saunaaufgießer, Tennislehrer und Geschichtenerzähler. Seit 1994 freier Schriftsteller, zuletzt: *Herrn Kukas Empfehlungen*, Piper 1999.

Margret Kreidl
Geboren 1964 in Salzburg, lebt als freie Schriftstellerin in Wien. Mehre Preise und Auszeichnungen, darunter Reinhard Priessnitz Preis Wien 1994 und Förderungspreis der Stadt Wien 2000. Uraufführungen u. a.: *Unter Wasser. Fünf Akte für eine Sängerin und 13 Instrumentalisten*, Musik: Richard Barrett, Amsterdam 1998; *Auf gut Deutsch*, München 2001. Zahlreiche Veröffentlichungen, zuletzt *Süße Büsche*, Das fröhliche Wohnzimmer 1999, *Grinshorn und Wespenmaler.* 34 Heimatdramen, Das fröhliche Wohnzimmer 2001.

Christina Lehner
Geboren 1967 in Steyr. 1991 Abschluß an der Wirtschaftsuniversität Wien, nach Tätigkeiten im Vertrieb und Marketing endlich den Hang zur Kreativität entdeckt, 1999 Diplom an der Höheren Grafischen Lehranstalt, seitdem freischaffende Grafikdesignerin.

Peter Pessl
Geboren 1963 in Frankfurt/Main, lebt in Wien. Freier Autor und Radiokünstler, Gedichte, Prosa, Erzählungen, zuletzt: *BLUMARINE, Letzte Erzählungen zur Revolution*, Ritter 1998. Zahlreiche Hörspiele sowie experimentelle Radioarbeiten, zuletzt: *Der Dämon in Ninfa*, ORF Kunstradio 2001.

Gabriele Petricek
Geboren 1957 in Krems, lebt in Wien. Mitglied der Grazer Autorenversammlung, Veröffentlichungen in in- und ausländischen Zeitungen, Zeitschriften, Ausstellungskatalogen, Literaturzeitschriften und im ORF. Mehrere Beiträge in Anthologien, zuletzt: *Die Förderbänder zum Glück*, in: *.txtour, zwölf texte*, hg. von Semier Insayif u.a., Haymon 1998.

Horst Lothar Renner
Geboren 1936 in Wien, lebt in Wien. Zahlreiche Lesungen und Aktionen, Hörspielsendungen im ORF und BR, Aufführungen von Theaterstücken in Wien und Innsbruck, Teilnahme an Ausstellungen *Visuelle Poesie* im In- und

Ausland. Letzte Veröffentlichung: *Annäherungsversuch*. Gedichte, Haiku, Prosa, Academic Publishers, Graz 2001.

Claudia Sykora-Bitter
Geboren 1965 in Antiesenhofen, Oberösterreich, lebt seit 1983 in Wien. Studium der Slawistik und Völkerkunde, Übersetzerin für Russisch, Autorin (Lyrik und Prosa). Veröffentlichungen in Anthologien und Literaturzeitschriften, im Dezember 2001 erscheint der Prosaband *was man hier verloren hätte* (Bibliothek der Provinz).

Roland Vorlaufer
Geboren 1967 in Wien. Grafische Bundeslehr- und Versuchsanstalt, Studium der Malerei an der Angewandten bei Maria Lassnig, dann Christian Ludwig Attersee, 1991 abgebrochen. Illustrationen für Zeitungen, Magazine und vor allem Werbeagenturen, u.a *Der Standard*, *Süddeutsche Zeitung*. Seit 1997 in Hamburg, ab 2002 in Berlin.

Fritz Widmayer
„geboren 27111964   um 1230 uhr in wien und dennoch lebendig   anhänger der kleinschreibung   vermeider von satzzeichen   für mehr text im raum   anhänger verschiedener freier theatergruppen   1999 schikaneder poetry salm gewonnen   beiträge für radio, anthologien und andere druckwerke in englischer und deutscher sprache"

Hansjörg Zauner
Geboren 1959 in Salzburg, lebt in Wien und Obertraun. Dichtung, visuelle Arbeiten, Filme, Herausgeber der Zeitschrift für neue Poesie *Solande*. Zahlreiche Preise und Stipendien, zuletzt 2001/2001 Staatsstipendium des BKA. Veröffentlichungen zuletzt: *ZUNGENKNOCHEN als CD*, Sonderausgabe, G. Scholz Verlag 2000, *luft verkehrt stock papier*, Droschl/edition neue texte 2000.